汉译世界文学名著丛书

当代英雄

〔俄〕莱蒙托夫 著

吕绍宗 译

商务印书馆
The Commercial Press

Михаил Юрьевич Лермонтов

ГЕРОЙ НАШЕГО ВРЕМЕНИ

汉译世界文学名著丛书
出 版 说 明

　　1902 年，我馆筹组编译所之初，即广邀名家，如梁启超、林纾等，翻译出版外国文学名著，风靡一时；其后策划多种文学翻译系列丛书，如"说部丛书""林译小说丛书""世界文学名著""英汉对照名家小说选"等，接踵刊行，影响甚巨。从此，文学翻译成为我馆不可或缺的出版方向，百余年来，未尝间断。2021 年，正值"汉译世界学术名著丛书"出版 40 周年之际，我馆规划出版"汉译世界文学名著丛书"，赓续传统，立足当下，面向未来，为读者系统提供世界文学佳作。

　　本丛书的出版主旨，大凡有三：一是不论作品所出的民族、区域、国家、语言，不论体裁所属之诗歌、小说、戏剧、散文、传记，只要是历史上确有定评的经典，皆在本丛书收录之列，力求名作无遗，诸体皆备；二是不论译者的背景、资历、出身、年龄，只要其翻译质量合乎我馆要求，皆在本丛书收录之列，力求译笔精当，抉发文心；三是不论需要何种付出，我馆必以一贯之定力与努力，长期经营，积以时日，力求成就一套完整呈现世界文学经典全貌的汉译精品丛书。我们衷心期待各界朋友推荐佳作，携稿来归，批评指教，共襄盛举。

商务印书馆编辑部

2021 年 8 月

莱蒙托夫：个性化的生活和创作

一、"太阳"与"月亮"

1837 年 1 月，普希金在决斗中负伤后死去，当时的舆论称："俄罗斯诗歌的太阳陨落了。"就在这时，又一位伟大的诗人出现了，他被人们视为普希金的继承者，这人便是米哈伊尔·莱蒙托夫。

普希金是在皇村学校的一次语文课考试中以《皇村的回忆》一诗一举成名的；和普希金一样，莱蒙托夫也是以一首诗作《诗人之死》而"突然"赢得诗名的。莱蒙托夫的这首《诗人之死》，正是为了哀悼普希金，为了揭露迫害诗人的幕后主谋而写的——一位大诗人的死，造就了另一位大诗人的"生"，这构成了俄国文学史上奇异的一幕。

莱蒙托夫与普希金之间有太多的相似了：他们都出身贵族家庭，都生在莫斯科，都很早就开始写诗，都受到过西欧文化的熏陶，都既是大诗人又是杰出的小说家和剧作家，都对俄罗斯的乡村和自然怀有深深的眷恋，都对专制制度持强烈的批判态度，甚至同样曾被流放到高加索，最后又都同样死在决斗中。关于普希金和莱蒙托夫的关系，也一直是俄国文学界的一个话题，许多批评家都将他们做过比较。也许是因为共性显而易见，批评家们才更留心于他们两人之间的区别。梅列日科夫斯基说："普希金是俄罗斯诗歌的太阳，莱蒙托夫是俄罗斯诗歌的月亮，整个俄罗斯诗歌在他们之间摆动着，在静观和行动这两个极之间摆动着……在普希金笔下，生活渴望成为诗，行动渴望变为静观；在莱蒙托夫笔下，诗渴望成为生活，静观渴望变为行动。"弗拉基米尔·索洛维约夫指出："普希金甚至在谈自己的时候也像在谈别人，莱蒙托夫即使是在谈别人时也让人觉得他正力求从无边的远方将思绪返归自身，在心灵深处关心的是他自己，是在诉诸自己。"别林斯基认为莱蒙托夫的天才"可与普希金并驾齐驱，或许比他更胜一筹"，杜勃罗留波夫将他们的特色分别概括为"普希金的美和莱蒙托夫的力量"。[①] 在这些评论和概括之后，另一位俄国诗人的话就显得很独特了：曼德里施塔姆在他的自传《时代的喧嚣》中写道，他家的书柜中同时摆放着莱蒙托夫和普希金的书籍，可他"从未感觉到他（指莱蒙托夫——引者）是普希金的兄弟或亲戚"[②]。我们未必能完全接受曼德里施塔姆的意见，但他的"感觉"却会启发我们去考虑莱蒙托夫之所以为莱蒙托夫的理由。

人们常说，像普希金这样的诗歌天才，一个民族两百年才能

---

① 以上转引自顾蕴璞主编《莱蒙托夫全集》，第 1 卷，第 8—9 页，河北教育出版社 1996 年版。

② 曼德里施塔姆：《第四篇散文》，第 57 页，莫斯科 СП Интерпринт 出版社 1991 年版。

出现一个，可莱蒙托夫却在普希金之后立即成了人民心目中的又一个诗歌天才。反过来看，莱蒙托夫的"出现"，较之于普希金就要困难得多了。在普希金夺目光辉的映照下，多少有天赋的诗人显得黯然失色，只好抱怨自己生不逢时。其实，在普希金在世时，莱蒙托夫早已开始了认真的诗歌创作，其创作历史已长达十年；到普希金逝世时，先后在莫斯科大学和彼得堡近卫骑兵士官学校就读的大学生莱蒙托夫，已陆续写下了几百首抒情诗，占其抒情诗总量的三分之二，其中就包括《帆》等名作。然而，他还是默默无闻。普希金为当时文学界的诗友写了大量的献诗，却没有一首是写给莱蒙托夫的。但是，普希金死后，在普希金的近朋们大都保持着沉默的时候，无名的莱蒙托夫却大胆地喊出了许多人心底的话，公开点明杀害普希金的刽子手就是沙皇及其制度。《诗人之死》不是莱蒙托夫的第一首好诗，甚至也不能算作他最好的一首抒情诗，但它却宣告了一位新的民族诗人的诞生。天赋和机遇，良心和勇气，共同造就了又一位俄国大诗人。

我们也许可以说，普希金的死在客观上为莱蒙托夫的崭露头角提供了契机；我们也许还可以说，这实际上是同一个天才被分割成了两个段落，两位大诗人是互为补充的。但是，尽管这样，骠骑兵军官莱蒙托夫之所以成了诗人和作家莱蒙托夫，起关键作用的仍是莱蒙托夫自己惊人的天赋和独特的个性。

普希金的创作生涯持续得并不长，只有二十余年；可莱蒙托夫呢，他在《诗人之死》之后只写作了短短四年！而这又是在军务、流放、行军、战斗和囚禁等之中度过的四年！可就在这四年之间，莱蒙托夫最终写出了《童僧》《恶魔》等多部长诗，出版了一部抒情诗集，写作了长篇小说《当代英雄》，完成了一个文学大师的历史使命。如此之短的时间里有如此丰硕的成果，向人们显示出了莱蒙托夫超人的天赋。此外，莱蒙托夫还是一位艺术上的多面手，他不仅擅长各种体裁的文学创作，精通英、法、德、拉丁文，还是一位杰出的画家。笔者数年前在莫斯科曾观看过一个莱蒙托夫画展，三个展室中的油画、素描、速写等，都系莱蒙托夫亲手所作，那些一个半世纪前的高加索风情画，至今仍焕发着丝毫不亚于其"东方抒情诗"的光彩。

单就天赋而言，莱蒙托夫是与普希金不相上下的，而就创作上的刻苦程度来说，莱蒙托夫似乎超过了普希金，只不过，普希金要更为生逢其时一些。这样说，并不意味着对普希金的任何贬低。普希金之伟大，在于他为俄国的民族语言和文学奠定了基础，在于他体现了那一时代的民族精神；而莱蒙托夫的出众，则主要在于他在自己的创作中充分地体现了自己的个性，并发现了诸多崭新的艺术个性的体现方式。

意识到了这些，我们才能更多地理解莱蒙托夫，更深地认识他的创作及其价值。莱蒙托夫不是仅仅靠反射太阳的光而闪烁的月亮，他是和普希金一样的另一颗俄国文学的恒星，或者说，他们两人分别是同一颗星球的两个面。

二、"童僧"与"恶魔"

《童僧》与《恶魔》，是莱蒙托夫最著名的两部长诗，分别发表于1839年和1841年。在十九世纪的俄国诗人中，莱蒙托夫是一位写作长诗较多的诗人，在总共十余年的创作历史中，他先后写下了近三十部长诗，它们构成了莱蒙托夫诗歌创作和整个创作最重要的组成部分之一。

《童僧》写一个被俄国将军俘虏的高加索山民的孩子，被关押在修道院中；对自由的渴望和对故乡的怀念，使他勇敢地做出了逃走的选择。虽然他的逃跑最终失败了，但是，在濒死的时候，面对前来规劝的修士，他"强打起最后一点精神"，"欠身滔滔不绝地"说起了自己的出逃、在途中与故乡自然的亲近、对美丽姑娘的爱情、与野兽和恶劣环境的搏斗等等。《恶魔》则利用一个宗教形象，塑造了一个具有强烈叛逆精神的人物。这便是恶魔的自白："我是个眼露绝望的人；/我是个谁也不会爱的人；/我是条挞罚众生的皮鞭，/我是认识和自由国之王，/上天的仇敌，自然的灾祸……"这是一个充满着矛盾的个性，他憎恶天庭，向往自由，却又与环境格格不入，不知什么是真正的自由；他自称没有爱，却真诚地爱上了少女塔玛拉，可他的毒吻却夺走了爱人的生命。

《童僧》通篇主要是第一人称的独白，《恶魔》则是充满戏剧性的对白，但两者都具有明显的自白色彩，都像莱蒙托夫的大多数作品那样，具有某种"自传性"，是某种意义上的"诗歌自画像"。

莱蒙托夫的童年是不幸的，在他三岁的时候，母亲就去世了，他由外祖母抚养成人。外祖母与他的父亲不和，两人长期就小莱蒙托夫的监护权等问题争执不休。外祖母很疼爱外孙，但出身名门的她却十分专断、严厉。在莫斯科大学度过一段较为自由的时光后，他又被迫去彼得堡，进了士官学校，用他自己的话说，又度过了"恐怖的两年"①。这一切对莱蒙托夫的性格都很有影响。普希金曾在《给姐姐》一诗中，将他就读的皇村学校称为"修道院"，将自己形容为"苦行僧"；而童年和青少年时期的莱蒙托夫，倒像是一个真正意义上的"童僧"。

莱蒙托夫的天性是孤傲的、叛逆的，有些近似他自己笔下的"恶魔"。据说，生活中的莱蒙托夫很少言笑，待人比较冷淡，经常嘲笑各种人和各种事，有时甚至会让人感到他很刻薄、恶毒。除了十二月党人诗人奥陀耶夫斯基等个别人外，莱蒙托夫在文学界没有什么亲近的朋友；在军中，他对同事的嘲讽，多次导致了决斗场面的出现；在被流放至高加索时，他与同样也被流放至当地的十二月党人们接触较多，但他们却认为他属于"怀疑的、悲观的、冷漠的另一代"。他回避严肃的谈话，常以冷漠和嘲笑的态度面对社会问题，很少向人敞开自己的内心，他的这一处世态度，甚至使他在1837年与对他评价很高、一直关注他创作的别林斯基等人也逐渐疏远了。在莱蒙托夫的作品中，"恶魔"的形象也是经常出现的，从两首同题抒情诗《我的恶魔》（1829；1830—1831）中的抒情主人公，到长诗《恶魔》中的"恶魔"，甚至连剧作《假面舞会》中的阿尔别宁和小说《当代英雄》中的毕巧林，也都带有某种"恶魔"的气质。可以说，具有一定"自画像"性质的"恶魔"形象，在莱蒙托夫的创作中是贯穿始终的。

莱蒙托夫对这一文学形象的独钟，除了青少年时的生活经历

---

① 转引自尼古拉耶夫主编《俄国作家传记辞典》，第1卷，第411页，莫斯科教育出版社1990年版。

在他的心理上留下了烙印这一缘由之外，当时席卷俄国和整个欧洲的浪漫主义文学潮流对他的左右也是一个重要的原因。和普希金一样，莱蒙托夫也曾深受法国的谢尼耶、德国的歌德和席勒，尤其是英国的拜伦等西欧浪漫主义诗人的影响，在那些欧洲诗人的诗中，就有"恶魔"形象的频繁出现。虽然，莱蒙托夫曾在一首诗中写道，他"不是拜伦"，"是另一个"，但至少在"恶魔"这一形象和所谓的"拜伦式英雄"之间，我们还是能发觉出一些相通之处。然而，我们认为，莱蒙托夫的"恶魔"形象生成的环境，首先是诗人生活其中的社会现实；这一形象所表达出的情感以及所具有的意义，首先就在于诗人面对现实生活的态度。莱蒙托夫所处的历史阶段，是俄国历史上最为黑暗的时期之一，在十二月党人的起义失败之后，沙皇强化了政治上的统治和文化上的控制，与此同时，自视为社会精英的贵族阶层和知识阶层，却放弃了精神追求而过起了麻木的生活。面对这样的俄国生活场景，莱蒙托夫表达出了一个诗人的真诚和良心，乃至反叛和抗议，他的"恶魔"形象因而也是具有两面性的：一方面，他体现出了一种个人主义、怀疑主义和虚无主义的生活态度，他的自私往往会给他人和自己带来灾难；另一方面，这一形象又是积极的，他不满于现实，充满渴望和追求，在不合理的社会秩序中，他也许就是正义的化身，在庸俗的生活圈子里，他也许就是真诚的代表。莱蒙托夫的"恶魔"形象，是充满矛盾色彩的，这也许正是莱蒙托夫本人矛盾心境的反映，这一形象也会使我们在理解这一形象时感到矛盾。过去，我们往往对"恶魔"这一形象持较多的批评态度（比如，"恶魔"这一中文译名本身就包含了我们过于明露的情感色彩），而较少关注这一形象的积极意义，以至于在面对弗鲁别尔那幅著名的油画《坐着的恶魔》[1]（1890）时，我们往往会由于那优美、有力的形象与我们心目中的恶魔形象之间的距离而感触不已。

理解了"恶魔"形象的两面性，我们就更容易理解莱蒙托夫的作品及其人物了；而在这之后，我们便能在莱蒙托夫本人那冷峻、嘲讽的外表背后，感受到某种可贵的真诚、冷静，乃至温情。

三、"孤帆"与"行云"

提起莱蒙托夫，很多人都可以背诵他著名的《帆》一诗：

蔚蓝的海面薄雾茫茫，

孤独的帆儿闪着白光！……

到遥远的异地它寻找什么？

它把什么抛别在故乡？……

呼啸的海风翻卷着波浪，

桅杆弓着身正嘎吱直响……

唉！它不是在寻找幸福，

也不想从幸福身边逃亡！

---

① 俄国著名象征主义画家弗鲁别尔为莱蒙托夫的长诗《恶魔》所绘插画。

下面涌来比蓝天清澈的碧流，

上面正挥洒着金灿灿的阳光……

不安分的帆儿却祈求风暴，

仿佛风暴里有宁静蕴藏！

这首诗写于1832年。后来，在1840年，莱蒙托夫又写了下面一首以《云》为题的抒情诗：

天上的行云，永不停留的漂泊者！

你们像珍珠串挂在碧空之上，

仿佛和我一样是被放逐的流囚，

从可爱的北国匆匆发配南疆。

是谁把你们驱赶：命运的裁判？

暗中的嫉妒，还是公然的怨望？

莫非是罪行压在你们的头上，

还是朋友对你们恶意的中伤？

不，是贫瘠的田野令你们厌倦……

热情和痛苦都不关你们的痛痒；

永远冷冷漠漠、自由自在啊，

你们没有祖国，也没有流放。

这两首诗在形式上几乎是一模一样的，都由三节四行诗组成。其抒情线索均为：写景状物——作者的设问——否定的回答。诗中的主题形象也是相近的：漂泊海上的孤帆和浪迹天空的行云。这两个形象在莱蒙托夫的抒情诗中是具有概括意义的。但是，这两首诗也是有区别的，《帆》用四音步抑扬格写成，《云》则用六音步扬抑抑格写成，前者显得急促、激烈，后者显得舒缓、悠长；两首诗中的抒情主人公心态也是不尽相同的，第一首诗中洋溢着寻求、搏斗的豪气，第二首中则充满了超脱和释然。这两首诗之间八年的间隔不是没有痕迹的（须知，莱蒙托夫的创作总共才持续了十余年），它们所提供出的两个抒情形象，一前一后，似乎可以分别作为莱蒙托夫抒情诗创作前后两个阶段的象征。

莱蒙托夫的抒情诗创作，大致可以划分为两个阶段，其分界线约在十九世纪三十年代中期。这个分界是很醒目的，因为莱蒙托夫在1833年至1836年这几年间总共只写了十余首抒情诗，而将主要的精力投入到了小说和戏剧的写作中。但是，若仅从题材和形式上看，前后两个阶段的抒情诗似并无太大的区别，反现实的内容、孤独的主题、爱情的变奏等等，是莱蒙托夫始终的抒情诗对象，而简洁的结构、鲜明的形象和深邃的意境，则是莱蒙托夫一贯的风格。然而，通读莱蒙托夫的抒情诗，人们仍能感觉到某种差异。从前的批评，大多将这一差异归结为：诗人脱离了小我，从与民众的对立走向了与民众的结合；诗人的创作出现了某种进步，完成了从浪漫主义向现实主义的过渡。且不论诗人是否脱离了孤独，以及所谓的"结合"是否就意味着诗人的进化，且不论诗人是否在抒情诗创作中转向了现实主义，以及抒情诗中的现实主义创作方法是否就一定是优于浪漫主义的，仅就莱蒙托夫前后两个时期抒情诗歌的差异而言，我们感觉到，其最突出的不同，还在于抒情主人公主观情绪上的变化。

　　总体上看，莱蒙托夫的前期抒情诗情感热烈，语调急促，对自我情绪的抒发更为直接一些，更多"怀疑、否定和痛恨的思想"（赫尔岑语），而后期的诗则相对的要凝重一些，视野更为开阔，情绪较为超脱，更多"沉思"和"静观"。后人根据莱蒙托夫抒情诗题材上的不同，曾在他的抒情诗中归纳出若干个"诗组"来，如"爱情诗组""拿破仑诗组""高加索诗组""监狱诗组"等等；在这些"诗组"中，纵贯诗人整个创作的，要数"爱情诗组"。以这组情歌为例，可以看出莱蒙托夫前后期抒情诗的区别。与普希金不同，莱蒙托夫很少歌颂生活的欢乐和爱的幸福，十九世纪前半期流行于俄国的巴丘什科夫式的"轻诗歌"，在莱蒙托夫的创作中没有留下太多的痕迹，就连莱蒙托夫的情歌，似也充满着怀疑和痛苦。他早期的情诗多是以萨布洛娃、苏什科娃和伊万诺娃等人为对象的，诗人在诗中常常直接描写对象的可爱，直接吐露自己的热情，同时也不时流露出爱的担忧、不祥的预感，乃至对负心的谴责；而后期的爱情诗多是写给洛普辛娜的，诗人在诗中含蓄地倾诉自己的衷肠，同时深情地回忆往事，对爱的艰难也表示出了理解和宽容。

　　诗歌形象的具体化，抒情情绪上的趋于冷静以及情节、对话等散文因素向抒情诗歌的渗透，构成了莱蒙托夫后期抒情诗歌的主要特征，这也正是诗人前后期诗歌的区别所在。在1831年的一首致友人的诗中，莱蒙托夫写道："那颤抖的孤独的舟子，／驾着小船飞快地奔驰，/他看见，前方的海岸已近，/但更近的却是自己的末日。"诗人上下求索在生活的海洋中。而在写给洛普辛娜的第一首诗中，莱蒙托夫向她祈求："愿你成为我的天空。"诗人似在寻求更广阔的感受空间和更超脱的精神态度。在他晚期的诗歌中，有了这样的诗句："像从心头卸了重负，/疑虑已远远地逃离"（《祈祷》，1839）；"星星都在聆听我的话，/欢乐地拨弄着光的波纹"（《先知》，1841）；"对人生我已经无所期待，/对往事我没有什么追悔；/我在寻求自由和安宁啊！/我真愿忘怀一切地安睡"（《我独自一人出门启程……》，1841）。

一页页地翻阅着莱蒙托夫的抒情诗作，我们感到，似有一叶孤帆离我们而去，渐渐消失在海天相连的远方，而在一段间隔之后，又有一朵行云蓦然从天边飘来，向我们洒下一片清凉。从地上（海面）到天空，通过寻求获得超越，莱蒙托夫在他的抒情诗创作中完成了一次孤独却圆满的精神和情感的升华过程。

四、"假面"与"英雄"

《假面舞会》写于1835年至1836年间，是莱蒙托夫五部剧作中最为杰出的一部。这出戏的主要情节线索是：主人公阿尔别宁的妻子尼娜在假面舞会上丢失了一只手镯，这只手镯被一位公爵得到，阿尔别宁得知后怀疑妻子与公爵有染，他不听他人的解释和劝说，最后狠心地毒死了妻子。这是一出悲剧，从这出剧中不难看出莱蒙托夫对西欧和俄国戏剧传统的借鉴：误会和复仇，是自莎士比亚起的许多欧洲悲剧的主题；剧情展开其中的上流社会生活场景，是当时法国以至西欧浪漫主义小悲剧的"典型环境"；剧中人物带有讽刺意味的对话，与格里鲍耶陀夫的《聪明误》有相近之处。

　　然而，《假面舞会》又是一出具有创新意义的俄国剧作。首先，它是对俄国上流社会生活的真实反映。通过对阿尔别宁、公爵和男爵夫人等人物的举止及心理的刻画，莱蒙托夫揭露了俄国贵族的虚伪和无聊，表达了面对当时的现实而生的强烈的愤世嫉俗之情。剧中的一个人物卡扎林曾对阿尔别宁说道："够了，兄弟，取下你的面罩吧，/ 不用如此肃穆地垂下双眼，/ 须知，这么做的效果所能欺骗的 / 唯有观众而已，——而我和你都是演员。"我们感到，这似乎也是莱蒙托夫对整个虚伪的上流社会道出的话。其次，是戏剧主人公形象的独特性。在阿尔别宁这个人物的身上，既有哈姆雷特式的犹豫和彷徨，也有奥赛罗式的嫉妒；既有奥涅金[①]式的无聊，也有魔鬼般的自私和狠毒。在剧中，公爵曾问阿尔别宁："您究竟是人还是魔鬼！"阿尔别宁回答："我！——是木偶！"公爵后来对尼娜说过："您的丈夫是个不信神的残忍的暴徒。"在这个人物身上，莱蒙托夫将其笔下的"恶魔"形象和俄国文学中的"多余人"形象结合在了一起，构成了一个崭新的戏剧人物。最后，这部剧作有着整体的象征意义。"假面舞会"，既是剧情发生的场景之一，也是莱蒙托夫用来对那一时代整个俄国上

---

　　① 普希金（1799—1837）代表作《叶甫盖尼·奥涅金》的主人公，俄国文学中第一个"多余人"形象。

流社会生活进行概括的一个象征，同时，它还在某种程度上喻示着各个时代中整个人类的生存状态。在孤独中生活和创作的莱蒙托夫，以孤独为主要创作主题的莱蒙托夫，无疑更能"超前地"意识到人与人之间的隔膜、人类关系的异化这一直到二十世纪方才为人们所广泛关注的根本性的生存问题。环境与生存方式，性格与命运，莱蒙托夫通过《假面舞会》一剧对这些哲理性的问题进行了深刻的思考。

《当代英雄》（1837—1839）是莱蒙托夫最著名的一部长篇小说。这部长篇实际上是由五个中短篇小说组合而成的，它们各自独立，又互有关联。在俄语中，"英雄"一词又有"主人公"之含义，而"当代"即为"我们的时代"，因此，"当代英雄"又可译为"我们时代的主人公"。小说发表之后，正是这一"主人公"引起了很大的反响和争议：一些人认为毕巧林不是典型的俄国人，而是西方的舶来品；而别林斯基则在小说发表后立即指出，小说的主人公就是"当今的奥涅金"。作者在小说的序言中写道："当代英雄，我尊贵的先生们，诚为肖像，但它不是某一个人的肖像：这是集我们整整一代人疯长陋习之大成的一幅肖像。"同时，这一人物也体现着对现实的不满和抗议，这一形象的出现，本身也证明了那个时代的庸俗和无为，一个健康、智慧的人在黑暗、压抑的社会环境中逐渐丧失了精神的追求和生活的目的，丧失了行动的能力，沦落为无用、多余的人，人们该谴责的，首先是造就了这样一种人物的社会，而不仅仅是这样的人物本身。这大约是莱蒙托夫写作《当代英雄》，塑造出毕巧林这一形象的初衷和主旨之所在了，尽管作者在同一篇序言的结尾处声称，他"绝不至于那么愚不可及"，"会心存奢望，想成为医治人类陋习的良医"。

对毕巧林这一形象的塑造，莱蒙托夫主要使用了两种方法：一是多侧面的刻画。五个故事采用了三种叙述方式（即他人的转述、作者的叙述和主人公的自述），多方地对人物进行了观察，从而使读者获得了一个立体的人物形象。二是深刻、细腻的心理描写。在穿插进小说中的主人公的日记中，作者让主人公向读者敞开了心扉，在对人物做描写时，侧重的也多为毕巧林的所思所想，即支配着毕巧林行动的意识和意志；此外，作者还在高加索大自然的映衬下、在激烈的冲突场景中描写主人公的心理及其微妙的变化。这样的描写，使毕巧林成了俄国文学中最为丰满的人物形象之一。在此之前的俄国小说中，这样的心理描写和具有这样心理深度的文学人物都是鲜见的，因此，莱蒙托夫的小说创作对于俄国文学来说是意义重大的。古米廖夫认为莱蒙托夫"在散文中高过普希金"，"俄国散文就始自《当代英雄》"；别林斯基认为莱蒙托夫是普希金之后俄国文学新阶段中的"中心人物"，理由也主要的就在于此。这样的人物塑造手法，后来对托尔斯泰、陀思妥耶夫斯基等人都有所影响。

阅读了《假面舞会》和《当代英雄》这两部作品后，我们不难意识到，与同时代的俄国作家乃至世界各国的作家相比，莱蒙托夫是极具"现代感"和"超前意识"的。他在《假面舞会》中对人类关系及其生存状态的理解，在《当代英雄》中表现出的心理现实主义，对整个俄国文学的发展都具有深远的意义。

刘文飞

目　录

前　言

　　在各种不同的书中，前言都事关重大，同时又无足轻重；它或用来阐释作品的目的，或用以反驳和回击批评。可是通常情况下，读者与道德目的和报刊攻讦丝毫无关，所以他们就不读前言。这倒让人惋惜，在我国尤其如此。我国的读者还这样幼稚单纯，倘若寓言结尾找不到道德说教，他们就难以理解寓言。他们听不懂笑话，体味不出嘲讽：他们的文化素养太糟了。他们还不知道，在上流社会和高雅书籍中，赤裸裸的骂人话是找不到容身之地的；不知道现代文明发明了一种更为犀利的武器，你几乎察觉不到，它却可以置你于死地，它外裹谄媚糖衣，给人无以抵挡却又准确无误的打击。我们的读者活像一个乡巴佬，偷听了身处敌对营垒的两位外交官的交谈之后，竟相信他们在投桃报李的温文尔雅的交谊中，每位都背弃了本国的政府。

　　该作不久前就曾因一些读者，甚至一些报刊，轻信书中词汇的字面含义倍感苦恼。一些人简直感到受了奇耻大辱，不依不饶地抱怨说，让他们效法的竟是这样一位寡廉鲜耻的**当代英雄**；另一些人可谓明察秋毫，发现作者描绘的原来是自己的肖像和自己熟悉的人们的肖像……这真是一个陈旧而可悲的笑话！不过，俄罗斯看来就是这样缔造的，它的大地上万象更新，唯这类荒诞不经却依然不变。即便那些最为魔幻的神话故事，在我国也难免遭受有意侮辱某公的指责！

当代英雄，我尊贵的先生们，诚为肖像，但它不是某一个人的肖像：这是集我们整整一代人疯长陋习之大成的一幅肖像。各位又要对我说，一个人不可能这么坏，我却要对各位说，既然各位相信各种悲剧性和浪漫主义色彩的凶神恶煞有存在的可能，为什么就不相信毕巧林的真实性呢？既然各位赏识远为恐怖和远为丑陋的虚构，那么对毕巧林这种个性，哪怕作为一个虚构，为何不能高抬贵手呢？莫非谈到他时实话说得多了，不如各位的意？……

各位要说，在道德上这不是要会导致正不压邪吗？请原谅。给人们甜食塞得太多了，他们的胃都给吃坏了：该吃些苦口良药，听些逆耳忠言了。不过千万可别以为，在这之后，本书作者有朝一日会心存奢望，想成为医治人类陋习的良医。他绝不至于那么愚不可及！他不过是描绘他所理解的当代人罢了。算他和各位倒霉，这种人他碰到得太多了。话到此处也就够了，病给点明了，但如何医治——就只有天晓得了！

第一部

一　贝拉

我是坐驿车离开梯弗里斯^①的。车上的全部行李，也就是一口不大的箱子，里面一半塞的都是在格鲁吉亚旅游的笔记。其中大部分，算各位走运，全丢了，^②而箱子和里面剩下的东西，算我走运，仍然完好无缺。

当我进入科伊尔沙乌尔山谷时，太阳就要藏到白雪皑皑的山脊后面了。奥塞梯车夫一边紧着催马，以便午夜到来之前爬到科伊尔沙乌尔山上，一边可着嗓子唱歌。这真是座风景秀丽的山谷！放眼望去，尽是难以攀缘的高山，万仞峭壁微微泛红，上面挂满了葱翠的常春藤藤蔓，头上戴着一顶顶悬铃木扎制的凤冠，一面面黄色的悬崖上，雨水划出了条条沟壑，积雪的金色流苏从高高的地方垂下；下面，阿拉格瓦河与昏昏暗暗、雾气腾腾的峡谷中呼啸不止冲出的一条无名小河交汇后，银练似的伸向远方，像长蛇闪耀自己的鳞片一样光芒四射。

到科伊尔沙乌尔的山脚下后，我们把车停在一家小酒馆前面，那里闹闹嚷嚷聚集着二十来个格鲁吉亚人和山里人；旁边有支准

---

　　① 梯弗里斯，现格鲁吉亚首都第比利斯的旧称。

　　② 这里"走运"，是一种诙谐的说法。这句话意为：没有什么再可唠唠叨叨、占用各位宝贵时间的了。

备在此过夜的驼队。我应该再雇两头犍牛，把我那辆车拉到这座该死的山上，因为已是地上结着薄冰的秋天——而这座山里却还有两俄里的路要走。

万般无奈，我只好雇了六头犍牛和一些奥塞梯人。其中一个人把我的箱子扛在肩上，其他人则几乎只是靠吆喝来帮犍牛拉车。

我的车后，四头犍牛拉着另一辆车，似乎逍遥自在，毫不费力，尽管车上东西堆得老高老高。这情况使我感到惊奇。车后，跟着车主，嘴里叼着一个镶银的卡巴尔达人用的小烟斗，不时抽上两口。他穿着一身没有肩章的军官常礼服，戴着一顶切尔克斯人的长绒帽。人约五十来岁；从脸上黝黑的肤色，一眼就看得出，他的脸早已结识了外高加索的太阳，而过早花白的胡髭，则与他矫健有力的脚步和勃勃朝气的神态不相协调。我走到他身边，躬了躬身子；他一声不吭，回了我一躬，嘴里吐出一个很大的烟团。

"看来我们要同路了！"

他又不言不语地一躬。

"看来您是到斯塔夫罗波尔的吧？"

"是的……押送些公物。"

"请您指点，为什么您这么重的车，四头牛拉起来儿戏一样，而我那辆车，空空的，六头牲口，还有这些奥塞梯人帮忙，怎么还拉得那么吃力呢？"

他狡黠地一笑，意味深长地看了我一眼。

"您也许初到高加索吧？"

"一年光景。"我答道。

"难怪呢！这些亚洲人刁得要命！您以为他们的吆喝是给牲

口帮忙呀？鬼晓得他们吆喝的啥呀？犍牛懂他们的话；您哪怕套二十头，只要他们吆喝自己的号子，犍牛就一步也不挪……一帮可怕的骗子！能从他们身上捞到啥呢？……他们喜欢宰外地人……小骗子被惯坏了，成了大骗子！瞧吧，他们还会宰您酒钱呢。我好歹知他们的底儿，他们蒙不了我！"

"您早就在这里服役了？"

"是呀，阿列克赛·彼得罗维奇①坐镇时，我就在这儿服役了。"他故作庄重地答道。"他来边防线②时，我是少尉，"他补充说，"在他手下，因为平定山民有功又升了两级。"

"那现在您在……"

"现在在第三边防营。请问您在……"

我告诉了他。

话就说到这里，随后我们又沉默不语，继续并肩朝前走。在山顶上，我们看到了积雪。太阳转瞬西沉，紧跟着就是黑夜，像通常南方的天气那样；山虽然已不那么陡峭，但是毕竟在山里走路，不过凭借雪光，我们轻易就可辨出路径。我吩咐把我的箱子放到车上，用马替下犍牛，并朝下面的山谷看了最后一眼；可是从峡谷波涛般涌出的浓雾，把山谷遮得严严实实，里面任何声息

---

① 阿·彼·叶尔莫洛夫（1777—1861），帝俄步兵上将，以接近十二党人和对尼古拉一世政府抱有敌对情绪而著称。1816至1827年间任高加索军团格鲁吉亚统帅部司令，曾发动高加索战争。留有《札记》。

② 指高加索边防线，是俄军为对付土耳其和高加索山民，于18世纪至19世纪修筑的一道漫长而复杂的防御工事，从里海延伸到黑海，上有许多堡垒，驻守有俄罗斯正规军和哥萨克兵。

都难抵耳际，无从辨清。奥塞梯人把我围了起来，闹闹嚷嚷向我讨酒喝；但上尉声色俱厉，向他们大声一喝，他们便立即散去。

"就是这么一帮子百姓！"他说，"用俄语连个'面包'也不会说，可'长官，给点伏特加钱吧'，这话却说得很利索。我看鞑靼人倒好些：好歹他们不喝酒……"

离驿站还剩一俄里来地。四下悄无声息，那么宁静，以至可以循音追踪飞蚊。左边深邃的峡谷里黑黝黝的；峡谷的对面和我们的前方，千沟万壑纵横交错，常年积雪层层覆盖着的深蓝色山巅，呈现在苍白的穹隆上，山上尚留有最后一抹晚霞的反光。最早的几颗星星，已隐隐约约出现在昏暗的天空上，说来也怪，我觉得它们要比我们北方的星星高得多。道路两边，矗立着光秃秃的、黑魆魆的石块；有一处雪下露出几棵小灌木，上面连一片飘动的枯叶也没有，所以在大自然寂静的梦境中，听着疲惫不堪的三匹驿马打着响鼻，俄罗斯铃铛忽紧忽慢地叮当作响，让人觉得心情十分愉悦。

"明天是个大好天！"我说。

上尉只字未答，而是伸手指着我们正前方高高耸立的一座大山。

"您指什么呀？"我问。

"咕德山。"

"咕德山怎么啦？"

"瞧哇，好像冒烟一样。"

实际上咕德山就是像冒烟一样：它的两侧飘浮着缕缕轻柔的白云，山顶却横着一团浓黑的乌云，那么浓重乌黑，即便在昏暗的天空里，它也俨然是个黑团。

我们已经看清了驿站和它四周山民们的房顶了，而且我们的眼前已有让人感到亲近的点点火光在闪烁。当潮湿的寒风要来时，峡谷便咕咕咕咕，狂呼怒号，并下起小雨。我刚把毡斗篷披在身上，天上便下起了鹅毛鹤羽般的大雪。我满怀仰慕之情看了一眼上尉……

"我们只好在这里过夜了，"他神情懊恼地说，"这样的暴风雪天气是翻不过这座山的。情况怎么样？克列斯特山那里出现过雪崩吗？"他问车夫。

"没有，老爷。"奥塞梯车夫答道，"不过半山腰里挂的雪却很多，很多。"

由于驿站没有客房，便让我们到一间烟雾弥漫的山民平房中过夜。我约同路人一起喝杯热茶，因为我身边带着一只生铁壶——这是我在高加索旅途中的乐趣。

平房的一面墙依附在峭壁上；门前有三级台阶又滑又湿。我摸索着走进去，一下撞到了一头母牛身上（这里的牲口棚也就是下人的住处）。我不知该朝哪边走：这里羊在哀叫，那里狗在怒吠。幸好旁边闪过一点影影绰绰的光亮，让我找到了用作房门的另一个窟窿。那里的场面足可动人魂魄：房顶架在两根熏得乌黑的柱子上的、宽宽大大的平房里，人挤得满满的。房子当中的地上，一小堆火正噼噼啪啪在响，从房顶窟窿里灌进来的风，把正朝外冒的烟顶了回来，在四周织结成浓重的烟幕，让人许久看不清周围的东西；火堆旁坐着两个老太太、许多孩子和一个皮包骨头的格鲁吉亚人，个个身上都是破衣烂衫。出于无奈，我们凑到火边，抽起了烟斗，很快铁壶就发出悦耳的咝咝声。

"好可怜的人呀！"我对上尉说着，指了指我们肮七八脏的房东，他们则一声不吭，愣愣磕磕地看着我们。

"愚不可及的民众！"他答道，"您信不信？他们什么也干不了，什么教育也不配受！至少说，我们的卡巴尔达人或是车臣人，哪怕落草为寇，赤身裸体，但拼个你死我活的心还是有的，可这些人，摸摸任何兵器的意思都没有：从他们哪个人身上也见不到一把地地道道的匕首。一帮名副其实的奥塞梯人①！"

"您在车臣待的时间长吗？"

"长，我带着一连人在那里的要塞守了十年，在卡门内依－勃罗德②附近——知道这地方吗？"

"听说过。"

"就在那里，老兄，对那伙亡命之徒我们烦透了；眼下，感谢上帝，世事平稳些；可从前，出了要塞围墙走上百步，就会有个蓬头垢面的小妖在那儿等着：只要你一愣神儿，就会要你的好看——不是套马索套住你的脖子，就是枪子儿钻进了后脑壳。可真是些好手呀！"

"看来您有不少稀奇遭际呢？"我问，好奇心使我对这个话题难丢难舍。

---

① 奥塞梯人，与"被网子网住的、被捆住手脚的"一词拼写完全一样；这里指墨守旧习、不思进取的人。

② 建在阿克赛河上的一处工事，离舍尔科夫斯克镇不远，是叶尔莫洛夫为防车臣人袭击而下令修建的。

"咋能没有呢！有哇……"

说着他就捻起左侧的一绺胡髭，低头陷入了沉思。我极想从他嘴里抓到一个小典故，这是天下所有旅游者和札记作者固有的心愿。这时茶煮好了；我从箱里掏出两只旅行杯，倒上茶，把一杯放到他的面前。他呷了一口，好像自言自语似的说道："是的，有哇！"这种感叹给我带来很大希望。我知道，上岁数的高加索人喜欢说，喜欢聊；不过他们很少如愿：有的人带着一个连，在这偏远地方驻扎了五年，但整整五年却没有一个人向他道声"您好"（因为身边的上士司务长是说"愿您健康"）。可要聊的话题却有的是：周围尽是些稀奇的、怪异的人；每天的险情、遭际都天下少有，妙趣无穷。说到这儿，不由得感到惋惜，我们的记载如此之少。

"要不要添点罗木酒①？"我对自己的交谈伙伴说，"我有梯弗里斯白罗木酒，这会儿天冷。"

"不用了，谢谢，我不喝酒。"

"怎么会不喝呢？"

"真的不喝。我自己发过誓。还是少尉时，有一次，您知道吗？我们聚在一起喝得晕晕乎乎的，夜里却响起了警报；我们就这样带着几分醉意到了阵前，阿列克赛·彼得罗维奇知道以后，我们可遭了大罪：就别提他的脾气发得有多大啦！差一点没把我们送上法庭。不过下面这也是实情：有时您待上整整一年，连个人影也见不着，还谈什么伏特加哩——一个倒了大霉的人啊！"

---

① 罗木酒，用甘蔗酿的一种烈酒。

听他这么说，我差一点失去信心。

"就说切尔克斯人吧，"他接着说，"在婚宴丧席上布查酒^①灌得多了，他们就动起家伙来。有一次，我紧跑慢跑才算跑脱，就这还是在归顺了的王爷府上做客呢。^②"

"怎么出这种事呢？"

"是这么回事（他给烟斗装满烟，深深吸了一口），听我说，是这么回事，我当时带着一个连驻守在捷列克河对岸的一个要塞里——转眼就快五年了。有一回，秋天，来了一支送粮草的运输队，队里有位军官，是个二十五岁的年轻人。他一身戎装来见我，报告他奉命留在我的手下。他那么细高、白净，一身军装那么新，我一看就知道他到高加索我们这里还没多久。'您，想必，'我问他，'是打俄罗斯调来的吧？''正是，上尉先生。'他回答道。我拉住他的手说：'非常高兴您的到来，非常高兴。以后您多少会感到闷得慌……嗯，不过我会以朋友待您的。对啦，干脆就请叫我马克西姆·马克西梅奇好啦，再说，何必要穿一身戎装呢？您早晚来我这儿，就请戴便帽好啦。'我给他拨了套房子，他就搬到了要塞。"

"他怎么称呼？"我问马克西姆·马克西梅奇。

"他叫……葛里戈里·亚历山大罗维奇·**毕巧林**。是个出众的小伙子，您尽管信就是啦；就是脾气怪一点。您知道吗？比如说，

---

① 布查酒，是用烤面包或黍类（如高粱）制作的略带酸味的一种低度酒。

② 归顺的山民，指向俄罗斯政府纳贡的山民。因纳贡并非自愿，所以与未归顺的也无本质区别。

阴雨天，气候冷，一整天地狩猎；所有的人手脚都要冻僵了，累得爬不起来——他却跟没那回子事儿一样。可有时候，他坐在房间里，一阵小风轻轻一吹，他就让您相信他感冒了；护窗板一响，他准吓得哆哆嗦嗦，脸色苍白；可我亲眼见过他与野猪一对一地干；常常是几个钟头听不见他吱一声，但有时一开口，准能让您笑得肚子疼……是——呀，怪僻得很。另外，想必是个有钱人：既然有各种各样的贵重东西……"

"您跟他处的时间长吗？"我又问。

"一年光景。嗬，不过这可是让人忘不掉的一年：它使我遇到了许多麻烦，不过不是因为这忘不了！您要知道，真的，有这样一些人，他们天生就是要惹出些稀奇古怪的事情来的！"

"稀奇古怪的？"我带着好奇的神色惊叹道，同时给他杯里添了茶。

"这正是我要给您讲的。距要塞约莫六俄里地，有一个归顺我们的王爷。他那个宝贝儿子，十五岁上下的男孩子，三天两头儿往我们那里跑：不管什么日子，常常是，推说有这事，有那事。也是的，都让我和葛里戈里·亚历山大罗维奇把他给惯坏了。那可真是个天不怕地不怕的主儿，什么事都干得干净利落，出手不凡，或飞马平地取冠，或举枪百步穿杨。可就是有一点：贪财。有一回，为了取乐，葛里戈里·亚历山大罗维奇答应，要是他从父亲的羊群里偷来一只最好的羊，就给他一个金币；您猜怎么着？第二天夜里他揪住羊角就把它给拉来了。常常是只要我们一激，他就两眼充血，伸手拔剑。'喂，亚扎玛特，你可要吃大亏

了，’我对他说，‘你的脑瓜子 яман^①！’

"有一天，老王爷亲自来请我们去参加婚礼：他要打发大女儿出嫁，我们跟他是好友；所以，您知道，不能推辞不去，尽管他是鞑靼人。我们就去了。寨子里一大群狗迎着我们乱叫。女人们见我们就躲了起来；我们看得清面孔的女人们，远不算漂亮。‘我对切尔克斯人有一条妙论——’葛里戈里·亚历山大罗维奇对我说。‘等一下！’我讪笑一下回答说。我心里还装有自己的事呢。

"王爷的平房中已经高朋满座。您知道，亚洲人有一种风俗，上下左右、远近亲疏都得请来参加婚礼。我们受到大礼相迎，被让进客厅。但是，我却没忘暗暗记下我们的马拴在了什么地方，以防——您知道吗？——什么意外。"

"他们的婚庆是如何进行的呢？"我问上尉。

"倒也平平常常。开始教士给他们诵一段《古兰经》；接下去是向两位年轻人和双方亲属送礼道喜；吃饭，喝罗木酒；随后开始特技骑术表演，而且往往有一个衣衫褴褛的人，骑着一匹瘸腿劣马，扭捏作态，出尽洋相地表演小丑儿，招惹有身份的人们发笑；随后，天黑下来，客厅里开始了——拿我们的话说——舞会。一个可怜巴巴的老头儿，拉着一把三根弦的……忘了他们那里怎么个叫法，嗯，类似咱们的三角形的巴拉莱卡琴。丫头和小伙子们分两排面对面站着，拍着手唱歌。这时一个丫头和小伙子出列站在中间，拖腔拿调地朗诵自己随时想出来的诗，其他人就都同声附和。我和毕巧林坐在贵宾席上，这时主人的小女儿，一个

---

① 突厥语，意为：不妙了，玄了。

十六岁上下的姑娘走到他跟前，给他唱……叫什么呀？……类似我们恭维性的赞歌。"

"那么唱了些什么呢？还记得吗？"

"对啦，好像是这样唱的：'都说我们的骑手是身材修长的年轻人，他们的衣衫上缀有白银，俄罗斯的青年军官比他们更洒脱，他们戎装上的饰带更是黄金。他是他们中间的一棵白杨，可惜不在我们园中开花生长。'毕巧林起身向她躬了下身子，手掌抚额抚心，并且请我回答她。我十分熟悉他们的话，翻译了他的答辞。

"她离开我们时，我低声问葛里戈里·亚历山大罗维奇：'喂，您看长得咋样？''可谓倾城倾国！'他回答说，'她叫什么呀？''叫贝拉。'我回答说。

"还真是那样，她长得很好看：高高的个儿，窈窕的身材，一双眼睛像岩羚羊的眼睛那样黑，一个劲儿地直勾勾看人。毕巧林满腹心事，目不转睛地看着她，她也不时蹙眉看一眼他。不过，不只是毕巧林一个人在观赏这位美貌的王府郡主，房子的一角还另有两只发直的、冒火的眼睛在看她。我开始仔细端详，终于认出了我的老相识卡兹比奇。他对我们，您知道吗？说不上是归顺，也说不上是不归顺。他可疑的地方很多，尽管从没见过他有任何越轨之举。他常把绵羊给我们拉到要塞来，低价卖掉，但从不还价：即使漫天要价，你也得给；即便杀了他，他价也不落。人们谈起他时，说他爱带上一些山贼①到库班去，而且，实话实说，他

---

① 山贼原指北高加索和达格斯坦一带被逐出氏族、游荡为寇的山民，这里特指高加索战争期间抗击俄罗斯军队的山民。

那副嘴脸就很有些匪气：矮小的个子，干枯的脸，宽肩膀……但机灵倒真叫机灵，活像一个精灵！短棉袄总是穿得稀烂，上面补丁连着补丁，可武器却是镶银的。他胯下的那匹马，在整个卡巴尔达都出了名——真的，再也想象不出比这更棒的马了。难怪所有骑马的人都看着眼红，而且还不止一次偷盗那匹马，只是没得手罢了。现在每当看到这匹马时，它都显得那么良骏：毛色乌黑如漆，四腿紧绷似弦，那两只眼睛也不在贝拉的眼睛之下；而且浑身都是力气！即便让它飞跑五十俄里，它都不喘大气；另外，驯得真叫得心应手——像只好狗一样紧跟着自己的主人，连他的声音都熟悉！当时他从来都不拴马。真是一匹顶呱呱的贼马！……

"那天夜里，卡兹比奇的脸色比任何时候都阴沉，而且我发现，他短袄里面穿有锁子甲。'他不会无缘无故穿这件锁子甲的，'我想，'他肯定有所图。'

"房子里开始感到有些发闷，我就来到外面，想换口新鲜空气。夜幕已经落在山间，山谷里开始雾气弥漫。我想拐到我们拴马的棚里，看看它们有无草料，再说，小心谨慎总没错：我当时的那匹马是匹好马，所以不止一个卡巴尔达人十分动情地说：'Якши тхе, чек якши！'①

"我正顺着篱笆朝前走，突然听到一阵说话声；一个声音我一听就听出来了：这是公子哥儿亚扎玛特，这家主人的儿子；另一个人说话少，话声低。'他们在合计个啥呀？'我想，'不会在打

———————————

① 突厥语，意为：好马，一匹非常好的马。

我马的主意吧？'于是我就蹲到篱笆下，用心细听起来，一字一句都不放过。可是闹嚷嚷的唱歌声和说话声从房子里传出，盖过了我感兴趣的那席谈话。

"'你这匹马可真叫绝！'亚扎玛特说，'要是我是当家的，手里有三百匹马，就会拿出一半来换你的快马，卡兹比奇！'

"'啊！果然是卡兹比奇！'我想，并想起了他穿的那件锁子甲。

"'是的，'卡兹比奇沉默一阵后回答说，'在整个卡巴尔达也找不到这样的好马。有一回——事情发生在捷列克河对岸——我带着抵抗战士抗击俄罗斯马队；我们打得很不顺，大伙就各自逃命。我身后有四个哥萨克打马飞奔；我已听到了身后异教徒们的喊声，面前却是茫茫密林。我把身子贴向马鞍，把自己托付给了真主，而且平生第一次让马蒙受鞭打的屈辱。它像一只飞鸟，隐身于树林之间；树上的利刺撕破了我的衣服，叶榆的干枝抽打着我的脸。我的马飞跃树桩，用胸脯劈开灌木丛。假使我把它扔到林边，徒步藏入密林就好了，可我不忍和它分开——于是受到了先知的奖赏。几颗子弹在我头顶呼啸而过，我已听到下马徒步走路的哥萨克人在身后紧追不舍……忽然，我面前横着一道深沟；我的飞马略加思考——纵身跳起。它的两只后蹄从沟岸拔地腾空，全身就撑在两条前腿上。我扔开缰绳，随即飞落沟中；这样便救了我的马：它一下就跑开了。这一切哥萨克都看在眼里，不过一个人也没有下马找我：他们或许认为我已摔死了，所以我听见他们急急忙忙跑着去逮我的马。我整个心都在流血；我顺着沟在厚厚的草上朝前爬——一看，森林到尽头了，一些哥萨克从林子来到空地上；我的卡拉骄斯也照直朝他们奔去；所有的人，一窝蜂一样，大喊大叫扑过去抓它；他们追了很长很长时间，特别是一个人有两次都差一点把套马索套在它的脖子上；我发起抖来，低着眼睛，开始祈祷。过了一会儿，抬眼一看，我看到，我的卡拉骄斯正扬着蓬松的尾巴飞奔，逍遥自在，就像一阵轻风一样，而那些异教徒，却在草原上一个个骑着折腾得精疲力竭的驽马，落在很远很远的地方。天哪！这是真的，千真万确呀！我在沟里一直坐到深夜。突然，您猜怎么样，亚扎玛特？在一片昏暗中，我听见有一匹马沿着沟边奔跑，打着响鼻，发着嘶鸣，四蹄敲打着地面；我听出了我的卡拉骄斯的声音：这是它，我的伴侣！……从那个时候起，我们就再没分开过。'

"当时我听到，他用手拍着自己骏马光溜溜的脖子，向他发出种种温柔的称呼。

"'要是我手里有千匹马，'亚扎玛特说，'我会把它们全都交给你，来换你的卡拉骄斯。'

"'Йok①，可我不想。'卡兹比奇冰冷地回答说。

"'你听我说，卡兹比奇，'亚扎玛特跟他套起了近乎，'你是个好心人，你是个英勇的骑手，可我父亲害怕俄罗斯人，不放我上山；你把马给我，我就会尽力报效你的，从父亲身边给你偷来最好的步枪或者马刀，你要什么都行，不过他的刀是地地道道的

———————

① 突厥语，意为：不。

古尔达宝刀①：你只要把刀刃靠近胳膊，它自己就会刺进肉里；而锁子甲——像你身上这件，一点都没用。'

"卡兹比奇不说话。

"'第一次见你这匹马时，'亚扎玛特接着说，'看它打着响鼻在你胯下旋转，蹦跳，蹄下溅起飞沫一样的硅石，我心中出现了一种说不清楚的东西，而且从那时起，我对什么都提不起劲儿来：连我父亲最好的马我都看不上了，骑上它们就感到无脸见人，同时一种苦闷塞在我的心里；于是，我苦恼透了，一整天一整天地坐在悬崖边，一分一秒一个心眼儿想着你那匹乌骓马和它均匀的脚步，光溜溜的、箭杆一样直顺的脊梁骨；它以自己那双机灵的眼睛看着我，好像要对我说句什么话呢。你要是不把它卖给我，卡兹比奇，我可要死了！'亚扎玛特声音颤抖地说。

"我听得出，他哭了：这里还应该告诉您，亚扎玛特是个宁折不弯的倔孩子，通常情况下什么也别想让他落泪，哪怕更年幼的时候也是这样。

"作为对他眼泪的回答，听到的像是一声冷笑。

"'你听我说！'亚扎玛特石板钉钉似的说，'我可是什么都干得出来。你要是要，我就去把我姐姐给你偷来，行不行？她跳舞，那叫棒！唱歌，那叫棒！另外，她那手金丝刺绣——那叫绝了！过去就连土耳其皇帝也娶不到这样的妻子哩……愿意吗？明天夜里，你在河水奔腾的峡谷里等我；我带上她，从那里走进紧挨着

---

① 据说一位工匠造就一批工艺超群的宝刀，在和对手比赛时大喊一声："古尔达！（看刀！）"猛力一劈，对手与刀都一分为二，宝刀的名字就这样留在了人间。

的山寨——她就是你的啦。能说贝拉还抵不了你那匹快马？'

"卡兹比奇很长时间守口不语；最后他以低沉的声音，唱起一首古时候的歌[1]作答：

> 我们村寨的漂亮姑娘数也数不完，
> 她们的眼睛夜空繁星般辉耀光灿。
> 甜蜜地爱她们，是惹人羡慕的福分；
> 好男儿志如钢才更能教人开心。
> 黄金买得来成群的娇妻，
> 银海金山也难抵剽悍的坐骑；
> 它赛过草原狂飙，疾驰如飞，
> 它不背信弃义，它不阳奉阴违。

"亚扎玛特徒劳无益地求他，又是哭，又是巴结，又是赌咒发誓；卡兹比奇终于打断了他的话。

"'滚开，浑小子！你哪配骑我的马呢？它三步两步就会把你摔下来，你会在石头上把脑壳撞个稀巴烂呢。'

"'就让他摔吧！'亚扎玛特疯狂地喊着，他重剑上的铁碰击着锁子甲，发出铿铿锵锵的响声。一只强有力的手把他推开，使他重重跌在篱笆上，撞得篱笆摇摇晃晃。'这下有好瞧的了！'我想，并随即跑进马厩，给我们的马戴上嚼铁，把它们拉到后院。

---

[1] 请读者原谅，我把卡兹比奇的歌词改成了诗，我听的当然是散文；不过习惯是第二天性。——作者注

两分钟后房内人声像开了锅一样，乱成了一团。你猜怎么着？亚扎玛特穿着撕得像葱花儿一样的短棉袄撞了进去，说是卡兹比奇要杀他。大伙儿拍案而起，各抓自己的兵器——这就热闹喽！喊声、闹声、枪声；不过这时卡兹比奇已经骑在马上，手中挥着他的军刀，像凶神厉鬼一样，在沿街的人群中迂回穿行。

"'别跑了偷牛的，抓了拔橛儿的，让咱替人受罪。'我抓住葛里戈里·亚历山大罗维奇的胳膊，对他说，'我们是不是早点离开这是非之地？'

"'等一下，看怎么收场。'

"'收场一准不妙；这些亚洲人向来这样：逮住布查酒猛灌，接着就大动家伙！'说罢我们骑上马匆匆回家。"

"那卡兹比奇呢？"我急不可待地问上尉。

"这号人还能怎样呢？"他回答说，随即把杯中的茶一饮而尽，"溜掉了呗！"

"也没受伤？"我问。

"天晓得他咋样！大难不死的、泼皮胆大的土匪这一号人，譬如说，我在打仗时就碰见过，浑身上下，刺刀捅得跟筛子眼儿一样，可手里仍然挥舞着军刀。"沉默片刻，一跺脚，上尉又说，"有一点，我啥时候也不会饶恕自己的：回到要塞后，我真是多事，把自己蹲在篱笆下听到的东西全都倒给了葛里戈里·亚历山大罗维奇听；他一声讪笑——这个滑头！——就琢磨起自己的鬼花招来。"

"他琢磨什么呀？请讲讲。"

"嗬，实在是没办法！既是讲了个头儿，就得往下说。

"过了三四天，亚扎玛特到了要塞。像通常那样，他去找葛里戈里·亚历山大罗维奇，他总拿好吃的东西款待这小子。我当时在场。谈话从马开始，毕巧林对卡兹比奇的马大加吹捧：它那么机敏灵机，体态俊美，简直像只岩羚羊一样——嘿，照他说，简直是盖世无双。

"这个鞑靼哥们儿的两只小眼睛闪闪发光，毕巧林却好像就没往眼里去；可我谈点别的，你瞧瞧，他立即就把话题拉到卡兹比奇的马上。这个事头儿，只要亚扎玛特一来，他就一次不少地接着再往下说。差不多三个星期过后，我开始发现亚扎玛特脸色苍白，一天比一天憔悴，就像罗曼史里那种陷入失恋的人一样。你说稀奇不稀奇？……

"您猜是咋回事儿，后来我才了解了这里面的原委；葛里戈里·亚历山大罗维奇的激将法把他激得晕头转向，哪怕上刀山下火海，他都不会眨一下眼。您听他咋对鞑靼哥们儿说的：

"'看得出，你对这匹马爱得要命，亚扎玛特，不过你永远也看不到它，就像看不到自己的后脑勺一样！喂，你说吧，假若有人把这匹马奉送给你，你拿什么报答他呀？……'

"'无论他要什么，我都会分毫不差地如数给他。'亚扎玛特回答说。

"'若这么说，我给你搞，不过有个条件，你要发誓说到做到……'

"'我发誓……你也得发誓！'

"'好！我发誓，这匹马会到你手里；不过作为交换，你得把你姐姐贝拉送我：卡拉骄斯将是她的聘礼。我相信，这笔买卖对

你是合算的。’

“亚扎玛特噘着嘴不言语。

“‘不愿意？那就悉听尊便！我原以为你还是个大老爷们儿，可你却是个毛孩子：离骑马还早着呢……’

“亚扎玛特火冒三丈。

“‘那我父亲那儿咋交代呢？’

“‘难道他就永世不出远门？’

“‘倒也是……’

“‘同意了？……’

“‘同意。’亚扎玛特少气无力地说，脸色蜡白，像个死人，‘那啥时候呢？’

“‘在卡兹比奇第一次到这里来的时候，他答应过赶来几十只羊；剩下的事，包在我身上了。你就瞧着吧，亚扎玛特！’

“他们就这样拍板了……说实话，这不是个好事！后来我把这话对毕巧林说了，可他却对我说，这样尚未开化的切尔克斯女子有他这样的可爱丈夫是种福分，因为，照当地俗话说，他毕竟是她的丈夫，而卡兹比奇呢，却是个该受惩罚的山贼。您评评理，我能拿什么话对付他呢？……不过当时，对他们的阴谋我也一无所知。这不，有一天，卡兹比奇来了，问要不要绵羊和蜂蜜；我吩咐他第二天带来。

“‘亚扎玛特！’葛里戈里·亚历山大罗维奇说，‘明天卡拉骄斯在我手上了；如果今夜贝拉不在这里，你就别想见那匹马了……’

“‘好吧！’亚扎玛特话一出口，就快马加鞭赶回寨中。

"黄昏时，葛里戈里·亚历山大罗维奇武装齐备，骑马出了要塞。这事他们是咋商量的，我不知道，可是夜里他俩回来时，哨兵看见，在亚扎玛特的马鞍上，横着一个女人，她的手脚都被绑着，头被伊斯兰妇女的恰得拉披纱蒙得严严实实。"

"马呢？"我问上尉。

"现在就说，现在就说。第二天清晨，卡兹比奇早早就到了，并赶了几十只绵羊来卖。把马拴在篱笆上后，他进来见我；我拿茶来招待他，因为虽说是山贼，可毕竟是伙伴①。

"我们天南地北地闲聊；猛然间，我一瞧，卡兹比奇打了个寒战，脸色全变了，并立即走到窗前；可窗户，真糟，是开向后院的。

"'你咋啦？'我问。

"'我的马！……马！……'他说着，浑身上下不住地哆嗦。

"是的，我听到了马蹄的嗒嗒声：'想必哪个哥萨克来了……'

"'不是！呜（俄）罗斯人坏，坏呀！'他哇哇叫起来，像只凶猛的雪豹一样，纵身跳了出去。他两步就跳到了院里；在要塞门口，哨兵用枪拦住了他；他从枪上跨过，跳上大道飞奔……远处荡着尘土——亚扎玛特骑着卡拉骄斯狂奔；卡兹比奇一边跑，一边从枪套中拿出枪来，打了一枪，在那里一动不动愣了一分来钟，直到确信自己没有打中；接着尖声厉叫，拿枪往石头上砸，把枪砸得稀碎，一屁股坐在地上，像个孩子一样号啕大哭……眨眼工夫，他身边站满了要塞的人们——可他谁也没看见；人们站

---

① 伙伴（кунак），即好友（приятель）。——作者注

了一阵子，说了一阵子，就都回去了；我吩咐人在他身边放上买他绵羊的钱——他没有动它，趴在地上，像个死人。他在地上躺到深夜，躺了整整一宵，您信不信？……只是第二天清早他才来到要塞，开始要求告诉他谁是盗马贼。那个看见亚扎玛特解开马，骑上它逃窜的哨兵，觉得没啥可隐瞒的。一提起这个名字，卡兹比奇两眼发亮，随即到了亚扎玛特父亲的寨中。"

"他父亲呢？"

"文章就做在卡兹比奇找不到他这上头：他得到很远的地方去六天，不然亚扎玛特想把他姐弄走能得手吗？

"可当父亲回到家里时，无论女儿，还是儿子，都已没有了。儿子是个滑头，要知道他看准了，假使他一露面，定会凶多吉少，所以从那时起就没有音讯，想必到抵抗战士那帮匪徒那里搭伙了，随后，或许死在了捷列克河那边，或许死在了库班那边了结了他泼皮胆大、无法无天的一生，这是他应得的下场！……

"我承认，我管得太宽了。当我知道切尔克斯女人在葛里戈里·亚历山大罗维奇那里时，我就佩戴上长穗肩章、长剑找他去了。

"他在房内外间的床上躺着，一只手垫在后脑勺下，另一只握着就要熄灭的烟斗；房内里间的门锁着，没有开门的钥匙。这一切我一眼就发现了……我开始咳嗽，用鞋跟来磕门槛，可是他却装蒜，好像听不见。

"'准尉先生！'我尽量把话说得严厉，'难道您不知道我来了吗？'

"'啊嗬，您好，马克西姆·马克西梅奇！不抽袋烟吗？'他躺着不动回答我。

"'对不起！我不是马克西姆·马克西梅奇！我是步兵上尉。'

"'反正都一样。要喝点茶吗？您简直不知道我心烦意乱成了什么样子！'

"'我全清楚。'我回答说，并随即走到床前。

"'那更好：我也没有叙述的兴致。'

"'准尉先生！您闯下的祸连我也得负责……'

"'嗨，得了吧！这算得什么呀？要知道我们早就同甘共苦了。'

"'开什么玩笑？交出您的佩剑！'

"'米济卡，拿剑来！……'

"米济卡把剑拿来了。执行完公务，我到他身边坐到床上说：

"'听我说，葛里戈里·亚历山大罗维奇，认个错吧。'

"'我什么事上错了？'

"'您把贝拉弄来这件事上……我恨亚扎玛特这个骗子！……喂，认错吧……'我对他说。

"'那么假使我喜欢她呢？……'

"'唉，这话您叫我咋回答呀？……'我不知道说啥好。不过稍微沉默了一会儿，我对他说：'要是她父亲要她，那就应当送还。'

"'根本不成！'

"'他要是知道她在这里呢？'

"'他怎么会知道呢？'

"我又不知道该咋回答才好。

"'您听我说，马克西姆·马克西梅奇！'毕巧林稍稍抬了下身子说，'您可是个心地善良的人，假若我们把女儿还给那个野人，他会把她杀了，或者把她卖掉的。现在木已成舟，不能只是存心拆台；您把她给我留下，把我的剑您自己留着……'

"'让我看看她。'我说。

"'她在这扇门里面，不过我自己今天想见到她也毫无希望：她把头包得严严的，坐在墙角，不说话，也不看人；她胆怯害怕，像只受惊的野羚羊一样。我雇来了我们小酒馆的老板娘：她懂鞑靼话，来照看她，开导她，让她渐渐习惯她是我的人这一点，因为她谁也不属，仅仅属于我一个人。'他用拳头砸了下桌子，补充说。连他说这我也认啦……您说有什么办法？有一种人，对他们说的你不能不答应。"

"为什么呢？"我问马克西姆·马克西梅奇，"他真的让她习惯了，还是在身不由己、苦苦地思乡想家中日渐憔悴了呢？"

"不会的，有啥可思乡的呢？在要塞中，和在她们寨里一样，都能看到那几座山，而对这些没开过眼的偏远野民来说，除此之外也就啥也不需要了。再说葛里戈里·亚历山大罗维奇每天都赠送她点什么。头几天她不言不语、心性高傲地把礼品推开，那些东西便落到了小酒馆老板娘的手里，使她变得能说会道，巧舌如簧。嗬，好神的礼品呀！一块花布头儿就会把一个女人哄得团团转！……这先不说……葛里戈里·亚历山大罗维奇跟她苦苦折腾了很长时间；而且还学了说鞑靼话，随后她也开始懂我们的话了。一点一滴，日积月累，她看惯他了，一开始是皱着眉头看他，斜着眼看他，而且总是满腹忧愁，低声哼着家乡的曲儿，从隔壁听着她唱歌，连我都为她伤心。我永世也忘不了这个场面：我从房前走过时，往窗内看了一眼，贝拉坐在轻便床上，耷拉着个脑袋，葛里戈里·亚历山大罗维奇在她的前面站着。

"'听我说，我的仙女，'他说，'你要知道，你迟早要成为我的人呢，何苦一味折磨我呢？难道你看上了哪个车臣人啦？如果是那样，我现在就放你回家。'她让人难以觉察地打了个寒战，摇了摇头。'或者是，'他继续说，'你根本看不上我？'她长叹一声。'再不然是你的信仰不允许你爱我？'她脸色苍白，不言不语。'相信我吧，对各个民族来说，真主只有一个，既然他允许我爱你，他为什么会禁止你回报我呢？'她直盯盯对着他的脸看了一眼，像是对这种新的说法大吃一惊；两只眼睛显得半信半疑。这哪是两只眼睛呀！它们那么明亮，简直像两块燃亮的火炭一样。'你听我说，亲爱的、善良的贝拉！'毕巧林继续说，'你看到了我多么爱你，只要你能开心，我一切都在所不惜：我想让你幸福；如果你再愁眉不展，我可要死了。你说你会开心吗？'

"她两只黑眼睛照旧目不转睛地看着他。稍微思考了一下后，她温存地一笑，点头表示同意。他抓住她的一只手，劝她亲他一下；她无力地保护着自己，口中一个劲地重复说：'好了，好了，别这样，别这样。'他就一直坚持；她浑身哆嗦，哭了起来。

"'我是你的俘虏，'她说，'你的奴隶；当然，你可以逼我。'说着泪又下来了。

"葛里戈里·亚历山大罗维奇用拳头朝自己脑门儿上捶了一下，一步跨进了另一个房间。我走到他的身边，他脸色阴沉，抄着两手，走来走去。

"'咋了，老兄？'我问他。

"'是个妖魔，不是女人！'他回答说，'但我敢放话，她将是我的……'

"我摇了摇头。

"'要打赌吗？'他说，'一个星期之后！'

"'行！'

"我们击掌约定后，分手了。

"第二天，他就派通讯员到基兹利雅尔去买各种各样的东西；买回了许许多多各种花色的波斯纺织品，数都数不过来。

"'您看如何，马克西姆·马克西梅奇，'他指着礼品问我，'在这些重炮猛轰之下，亚洲美人也岿然不动吗？'

"'您不了解切尔克斯人，'我回答说，'他们全然不像格鲁吉亚人或外高加索鞑靼人那样，一点也不一样。她们有自己的规矩，她们受的是不同的教育。'葛里戈里·亚历山大罗维奇微微一笑，用口哨吹起了进行曲。

"事情终见分晓了，证明我说得对：礼品只起了一半作用；她变得更温存了，更信任人了，不过也仅是这样罢了；于是他就决定孤注一掷。一天早晨，他吩咐备马，照切尔克斯人的习俗穿戴整洁，披挂齐备，进去见她。'贝拉，'他说，'你知道我多么爱你。我下了决心把你弄出来，认为你了解我以后会爱我的；但我错了：再见吧！你留在这里，做我所有财产的全权主人吧；如果愿意，就回到你父亲那里去吧——你自由了。我错待你了，所以应该惩罚自己；再见吧，我走了——上哪儿去？我怎么知道！也许我不久就赶上中弹或触雷；到那时请念及我，并宽恕我吧。'他转过身，伸手与她握别。她不握他的手，也不说话。不过我站在门后，能从门缝看到她的脸：于是心里一阵怜悯——那张可爱的小脸儿，蒙上了一层死人样的惨白！听不到回答，毕巧林朝门口走了几步；他浑身发抖——不用说，我想，他真的要兑现他开玩笑时许下的东西了。他就是这么个人，天晓得他咋搞的！可是当他轻轻碰一下房门时，她便唰的一声站了起来，号啕大哭，扑过去搂住了他的脖子。我站在门背后，您信不信，也哭了起来。这么说吧，您知道吗？也不叫哭，而是叫——犯傻！……"

上尉不说话了。

"是，我承认，"然后，他捋着胡子说，"当时我很难过，因为从来没有一个女人那样爱过我。"

"他们的幸福持续下去了吗？"我问。

"是的，她向我们承认，从见到毕巧林那一天起，她就常常梦见他，任何时候都没有一个男人给她留下过这样的印象。是的，他们是幸福的！"

"真没味儿！"我不由自主地喊道。实际上我等待的是悲剧性的离别，但突然我的愿望破灭了！……"难道，"我继续说，"她父亲就没猜到她在你们要塞吗？"

"看来，确切说，他曾起过疑。过了些天，我们听说老头儿被打死了。您瞧这事闹的……"

我的心又一次提了起来。

"应该说，在卡兹比奇的想象中，亚扎玛特是在父亲同意下偷他的马的，至少说，我当时就是这样想的。所以，有一次，他就来到路上，在离寨子三俄里的地方等着；老头儿一无所获地寻找女儿归来；他那些随从都落在他后面——因为是在夜里——他满腹心事，骑着马慢慢往前走，猛然间，卡兹比奇就像只猫一样从灌木丛里跳了出来，嗖的一下跳到他的马上，一剑把他捅了下去，伸手抓过缰绳，一溜烟地跑了；这一切，他的一些随从在小土岗子上都看见了；他们冲下来追赶，可是没有追上。"

"他是要找补自己的失马痛苦，而且要报这一箭之仇的。"我这样说，想引出对方的看法。

"当然啦，照他们的习俗，"上尉说，"他做得完全正确。"

我不由得为之吃惊，俄罗斯人只要有机会在一些少数民族地区生活一段时间，就能适应那里的风俗习惯；我不知道，人的头脑的这一属性是应该责备呢，还是值得赞扬，但这证明了它难以置信的灵活性，和它具有一种清晰而健全的理性——当恶必然降临，或是无力消除时，不管在哪里遇见它，便统统加以宽恕。

当时茶已喝光；早已套在车上的马在雪地里哆里哆嗦；西天上的月亮惨淡无光，眼看就要沉入自己下面的乌云里了，这些乌云垂挂在远方的几座山巅上，宛若被扯成碎片的帷幔一般；我们走出了平房。与我同路人的预言恰恰相反，天放晴了，而且一准会给我们一个风和日丽的早晨。远方穹隆的四壁上，繁星结连成一种花色妙不可言的图案，而当东方的一抹晨曦弥漫于深紫色的天幕，逐渐将身披洁白无瑕的积雪的陡峭山坡照亮时，那些星斗也就一一熄灭了自己的光亮。左右两侧，阴暗而神秘的深谷里黑咕隆咚，如同墨染一般，晨雾则盘旋萦绕，迂回蜿蜒，像蛇一样，沿着邻近峭壁上皱纹纵横似的壕沟，朝那里低身匍匐，似乎它们感到了白日逼近，心中害怕了，惊慌失措了。

长空大地，都静谧无声，如同晨祷时分人的心田一样；只是偶或跑来一阵清冷的东风，掀动落满白霜的马鬃。我们动身上路，五匹瘦骨嶙峋的驽马，拉着我的驿车，沿着弯弯曲曲的道路，步履艰难地朝咕德山走着；我们则步行跟在车后，当马拉得筋疲力尽时，拿块石头支住车轮。道路好像通向青天似的，因为极目望去，只见它越升越高，最终消失在白云里面。那白色的云团从黄昏起，就在咕德山的山巅歇脚，酷似一只等待猎物的老鸢；雪在我们脚下咯吱咯吱作响；空气变得如此稀薄，致使呼吸十分艰难；血液不时涌向头顶，但尽管如此，仍有一种兴奋心情充满浑身的血管，而且似乎感到很开心，因为我高居世界之上了。这种心情，毋庸置疑，是一种童心，远离社会制约而靠近大自然，我们不由自主就变成了孩子；万般宠辱得失，统统置之脑后，于是心地又回归到人之初的和有朝一日想必还会重现的那种心地。如果有谁像我这样，曾经游荡于人迹罕至的大山之中，久久观赏它们万千离奇的景象，贪婪地吞吸着弥漫于大山峡谷之中的、使人精神振作的清新空气，他自然就能体会到我想转达、叙说、描绘这些奇异画面的这种愿望。你看，我们最终登上了咕德山，停下脚步，环顾四周：山上垂着灰色的云团，而它发出的冷气，足以使人感到山雨欲来的恐怖；然而东方却依旧晴空朗朗和金光灿烂，致使我们，也就是说我和上尉，把灰色云团的冷气忘得一干二净……是的，包括上尉在内，普通人心里对大自然的瑰丽与壮观的情感，要比我们用语言与笔墨兴致勃勃讲述的成百倍强烈与生动。

“您对这些壮观的画面，我想，都习以为常了吧？”我对他说。

"是呀，连子弹的呼啸声都能习惯，也就是说，能够习惯掩藏异常情况下的那种骤然心跳。"

"我听到的说法相反，说是对一些久经沙场的老将来说，这种音乐是悦耳的。"

"当然了，要是您喜欢，它也是好听的；反正都是因为心跳更加剧烈罢了，您来看，"他手指着东方补充说，"多秀丽的山川啊！"

也确是如此，这样的景色我未必还能在别的什么地方看到。我们的下面，是被阿拉格瓦河与另一条河这两条银练拦腰切断的科伊尔沙乌尔山谷；蓝莹莹的晨雾沿着山谷飘动，躲开温暖的晨光，移到附近的峡谷；左右两边都是山梁，一梁高过一梁，纵横交错，向远方延伸，上面覆盖着积雪和灌木丛；远方还是这样的山，可是即便两处的山岩完全相同，但这里山上的积雪让绯红的晨曦映照得那么喜兴，那么亮堂，以至使人顿生奇想：好像它们有意世代在此安居似的；太阳从蓝黑色的山头背后微微露了下脸，这样的蓝黑山头，也许只有看惯了它的人的那双眼睛，才能把它们与暴风雨中的乌云分得开；可是太阳上方，长长一抹血红的云彩引起了我的旅伴的格外注意。"我对您说过的，"他大声嚷道，"今天将是个糟糕的天气；得赶紧些，要不它就把我们截在克列斯特山了。动身！"他向车夫喊道。

他们把铁链拦在车轮前面刹车，以防车轮下滑，手里抓着马的笼头，就开始下山了；右边是悬崖峭壁，左边是万丈深谷，居住在谷底的奥塞梯人的整座村落，看起来竟酷似一个燕窝儿；一想到一名邮役常常走过这里，在四下没有人声的深更半夜，沿着两辆驿车难以错身的狭路，一年到头不离吱吱歪歪、摇摇晃晃的邮车，从这里走上十来次，我不禁打了一个寒战。我们的车夫中，一个是俄罗斯雅罗斯拉夫汉子，另一个是奥塞梯人；奥塞梯人事先卸下了拉前套的梢子马，手里拉着辕马的笼头，谨慎小心，以防任何不测，而我们那位心不在焉的正宗俄罗斯人，都没有从他的车夫座儿上下来！当我向他指出，即便为了我那口箱子他也该小心点，我绝不想爬到无底深谷中去找它时，他回答说："咦，哪会呢，老爷！上帝保佑，我们不会比他们到得晚，要知道我们这不是头一回啦。"——让他说对了，我们似乎很难抵达，却竟然还是到了，所以假若都多推敲一下，那就会相信，对生活用不着那么处心积虑，谨小慎微……

不过，各位想知道的也许是贝拉故事的结局吧？首先，我写的不是小说，而是游记；所以上尉实际上尚未开口讲述的东西，我不能逼他提前讲出来。因此要稍等片刻，不然，如果您愿意，就翻过几页，不过我还是劝您别这样，因为翻越克列斯特山（或者像学者加姆巴那样，把它说成：Le Mont St.-Christophe）①，准会让各位击掌叫绝的。当时我们正从咕德山下到乔尔塔谷地……你们看，多么富有浪漫情调的地名呀！各位也许已在不可攀缘的陡壁上看到厉鬼的魔窟了，然而这里却不曾有过厉鬼；因为乔尔塔谷地这个名字，来自"界线"（черта）一词，而不是来自"魔鬼"

---

① 克列斯特山，即十字山，或十字架山，来自 крест 一词。法国旅行家拉·弗·加姆巴（1763—1833）在自己的《南俄游记》（1826）中，显然把 крест 一词与 Христов "基督的"一词弄混了，译成了 Le Mont St.-Christophe，即圣基督山。

（черт）一词，因为从前，这里曾是格鲁吉亚的边界线。这座山谷中满是雪堆，活像我国的萨拉托夫、唐波夫及其他叫人陶醉的地方。

"瞧，这就是克列斯特山！"我们的驿车走进乔尔塔谷地时，上尉指着一座积雪覆盖的山冈对我说；山冈顶上，有一个颜色发暗的岩石十字架，旁边有一条影影绰绰的道路，只有当山腰的路上堆满积雪时，车辆才走那条路；我们的车夫解释说，暂且还没有雪崩，所以为了爱惜马，就拉着我们绕行山腰的那条路。在道路拐弯的地方，我们碰上了四五个奥塞梯人；他们提出要为我们效力，说着就手把车轮，吆吆喝喝，开始拖拉和紧紧照看我们的驿车。也的确需要，道路十分险恶：右边，我们头顶的上方，悬着一些巨大的雪团，似乎一阵风起，它们顿时就会落入谷中；窄窄的道儿上，一部分路面蒙着一层积雪，有几处，它已被踩塌陷了，而另一些地方，在阳光照射和夜里严寒的冻结下则结成了冰，所以我们自己从这里走得极其艰难；马匹跌跌撞撞；左边露出一道深深的裂罅，里面一道流水，时而隐藏在冰层下面，时而带着泡沫，翻腾跃动于黑色的岩石之上。用两个钟头能勉勉强强翻过克列斯特山就算不错了——两俄里得走两个钟头呀！这时乌云低垂，冰雹大雪交加；风灌入峡谷，狂呼怒号，啾啾啼啭，就像那只暴徒夜莺[1]，而东方来的大雾则一浪浓似一浪，一浪重似一浪，岩石十字架便很快隐没其中……顺便说一句，关于这处十字架，

---

[1] 俄罗斯民间文学《壮士歌》中的艺术形象，吐气如风，凶猛异常，是恶势力的化身。

有一则奇特却又广为流行的传说，说它似乎是彼得一世路过高加索时放置那里的；但是，第一，彼得当时仅仅到过达格斯坦；第二，十字架上头斗大的字母写得分明，那是根据叶尔莫洛夫先生的命令放置的，也恰好是 1824 年。然而题词归题词，传说却依然根深蒂固，以至于，说实话，你不知该信什么好，何况我们往往不相信题词呢。

要到科毕站，我们还得沿着结冰的山岩和泥泞的雪地，往下走四五俄里。马疲惫不堪，我们浑身瑟瑟发抖；暴风雪越下越猛，怒吼声越来越大，就像故乡北方的暴风雪那样；只是它的吼声更加忧伤，更加凄凉。"而你，异国他乡的流亡者，"我想，"不也在苦苦思念自己广阔无垠的草原吗！那里有你舒展寒冷双翅的天际，可这里，却使你感到堵塞和拥挤，宛若一只铁笼里的鹰，哀鸣着，在笼子的铁栏上碰来撞去。"

"不好了！"上尉说，"您看，周围啥都看不见了，都是雾和雪；千万得小心点，别跌进深谷或掉进大石窟窿里头，而再靠下，那条巴依达拉河①正水急浪高，让人难以过河。这就是我碰到的亚洲！无论人，还是河，一点都靠不住！"

车夫们大声吆喝，骂骂咧咧，使劲抽打马匹，但是鞭子尽管抽得噼啪作响，那些马却打着响鼻，四蹄着地，死活不肯挪动一步。

"大人，"一个车夫终于开了口，"您知道，我们今天到不了科毕了；趁着还来得及，现在您是不是吩咐往左拐呢？您瞧，那边

---

① 巴依达拉河，捷列克河的支流。

山坡上有一个影影绰绰的东西，想必是房子，天气不好时外来的人常在那里歇脚；他们说，要是您给点酒喝，他们管引路。"他指着一个奥塞梯人说。

"我知道，老弟，你不说我也知道！"上尉说，"简直是一帮滑头！为了刮些酒钱，啥点子都想得出。"

"不过您应该承认，"我说，"要是没有他们，我们处境会更糟！"

"就算那样，就算那样吧！"他喃喃自语，"算我有幸碰上这帮子向导！他们一闻就能嗅出哪里有油水可捞，好像离开他们路都找不到啦。"

于是我们就朝左拐，而且费尽周折后好歹赶到了一个简陋的栖留地。它有两间石板和鹅卵石盖成的房子，院墙也是用这些东西砌的；穿戴寒酸的主人殷勤地接待了我们，后来我听说，政府付给他们钱，管他们饭，不过有一个条件，就是他们要接待被暴风雪困在路上的旅客。

"一切都会好的！"我坐到火边后说，"现在您就把您那则关于贝拉的故事给我讲完吧，我相信它不会就那样结束的。"

"您咋这样自信呢？"上尉瞧着我狡黠一笑，回答道。

"因为这不合事物的规律：开头非同寻常，结局就也应该别具一格。"

"算让您猜着了……"

"非常高兴。"

"您有福分高兴，可我，真的，只要想起这事，就感到伤心。贝拉是个多好的女孩子呀！我最后就像对自己的女儿一样，和她处得非常熟，她也喜爱我。应该告诉您，我没有家：我已十二年没有父母的音信了，而娶妻的事，以前连想都没想过，即便现在，您知道的，也不合适；所以我乐意有那么个人，以寄托自己的宠爱。她时不时给我们唱唱歌，跳跳列兹金卡舞……哎呀，那舞跳得真叫棒！我见过我们的省城小姐，有一次还到过莫斯科的贵族俱乐部，是二十年前，可那些人哪比得上她呀！差十万八千里！……葛里戈里·亚历山大罗维奇把她打扮得洋娃娃一样，娇她宠她，疼她爱她；在我们那里她也出挑得那么好看，简直成了下凡的仙女；脸上和臂上的黝黑没有了，两颊红润得桃花一样……您瞧她乐呵呵那个样子，另外，这个可爱的小鬼头儿，还总是拿我开心……愿上帝宽恕她！……"

"那么您跟她讲了她父亲死的消息后，她怎么样呢？"

"她还没有习惯自己的处境前，我们很长时间里瞒着她；讲了以后，她哭了两天，后来也就忘了。

"有四个来月，顺顺当当，百事称心。葛里戈里·亚历山大罗维奇这个人，我好像说过了，嗜好打猎，所以常常鬼催的一样到林子里去打野猪或野山羊，可现在，连要塞的大墙都懒得出。不过，我看出来了，他现在心中又在犯嘀咕，两手反背在身后，在房中走来走去；随即，有一天，跟谁也没招呼，就出去打猎了，整整一个上午不见个人影；一次，又一次，越来越勤……'不对头，'我心里想，'两人肯定闹别扭了！'

"有一天早晨，我去看他们——好像现在就在眼前一样：贝拉坐在床上，身上穿着黑绸子紧身衣衫，脸色煞白，一副愁相，我看着心里发毛。

"'毕巧林呢？'我问。

"'去打猎了。'

"'今天走的？'她闭口不答，好像难以开口。

"'不，昨天就走了。'末了才说，并重重叹了一口气。

"'他是不是出啥事了？'

"'昨天一整天，我想了又想，'她眼里噙着泪，回答说，'想到了种种不幸：有时我感到他让野猪伤了，有时觉得他让车臣人拉到山里了……但是今天我已经感到，是他不爱我了。'

"'真的，亲爱的，咋哪里坏偏往哪里想呢！'

"她哭了，随后高傲地抬起头，擦干眼泪，继续说：

"'他如果不爱我，可以把我送回家，谁拦着他啦？我也没有逼他。可是如果长此下去，那我就自己走：我不是他的女奴——我是王爷的千金！……'

"我开始劝她。

"'听我说，贝拉，要知道他不能老待在这儿，像缝在你的裙子上一样；他是个年轻人，喜欢去猎取野味，爱来来去去，跑跑颠颠；你要伤心，可就让他烦透了。'

"'说得对，说得真对！'她回答说，'我要高高兴兴的。'说着，乐呵呵地拿起自己的手鼓，开始围着我唱歌，跳舞，蹦跳；只是没持续多久，她就又趴到床上，两手捂起脸来。

"我拿她有啥办法呢？我，您知道吧，从来跟女人没啥来往：我想了又想，看咋安慰她好，结果啥也没想出来；好一阵子，我俩都没有开口……那可真叫窘呀！

"末了，我对她说：'咱们到城墙上走走，愿意吗？天是个大好天！'当时正是九月份；真的，难得的好天，晴朗又不炎热；千山万岭，都看在眼里。我们出去了，顺着要塞的城墙走来走去，不言不语；最后她坐在长满野草的地上，我也坐在她的身旁。嘿，真的，想来觉得好笑：我跟着她的屁股跑，活像一个老妈子。

"我们的要塞建在一处高地上，所以从城墙看去，景色喜人：它的一边是一条宽宽的林中空地，上面凹下几道大沟[①]，空地尽头是一片森林，一直延伸到山梁；空地上有一个地方，几座寨子上炊烟飘飘袅袅，马群在附近款款走动；要塞的另一边——一道小河奔腾不止，岸旁有一片密密的灌木丛，覆盖着与高加索主山脉紧密相连的多石的丘陵。我们坐在棱堡[②]的一角，所以左右两厢，一览无余。这时我突然看到，有个人骑着一匹大青马从林子里走来，越走越近，越走越近，最后停在小河对岸，离我们百把俄丈地，就像发疯一样，开始让自己的马盘旋。这玩的是啥把戏呀！……

"'看呀，贝拉，'我说，'你年轻，眼神儿好，这叫哪路骑手？他这是在讨谁的喜欢呢？……'

"她看后尖声叫起来：'是卡兹比奇！'

"'嘿，这个山贼，想要我们不成？'我仔细一看，正是卡兹比奇：他还是那副黝黑的嘴脸，像通常那样破衣烂衫的，而且肮脏。

"'这是我父亲的马。'贝拉抓住我的胳膊说；她好像一片叶

---

① 大沟（балка〈方言〉），即峡谷，沟壑（овраг）。——作者注
② 古时城堡角上的五角形堡垒。

子，哆里哆嗦，两只眼睛却炯炯发亮。'啊哈！'我想，'在你身上，我的宝贝，山贼的血还在不停地流呀！'

"'过来，'我对哨兵说，'好好查看一下自己的枪，把那个年轻东西给我收拾下来，你就能得到一个银卢布。'

"'是，大人；不过他不是原地站着不动呀……'

"'你命令他站嘛！'我笑着说。

"'喂，伙计！'哨兵向他挥着手喊，'稍停一下嘛，咋像个陀螺一样打转转呀？'

"卡兹比奇原地站定，开始谛听：他大概以为要跟他谈判了——咋不会哩！……我的贴身卫兵却枪托上肩……砰！……没打中——火药刚在药池里起爆，卡兹比奇一打马，那马一下就跳到了旁边。他从马镫子上站起，用他们的话嚷了一嗓子，扬起短马鞭吓唬了一下，飞马跑了。

"'看你脸往哪儿搁呀！'我对哨兵说。

"'大人！他是去死的。'他回答说，'这种千刀万剐的东西，你不能一枪把他打死。'

"一刻钟后，毕巧林打猎回来了；贝拉扑上去搂住了他的脖子，对于他久去不归无艾无怨，不嗔不怪……连我对他都满肚子的火。

"'您咋能这样呢？'我说，'要知道刚才卡兹比奇还到过小河对岸，我们朝他开了一枪；嗨，天长日久咋能碰不上呢？这些山民可是些复仇心很重的人；您以为他猜不到您在一些地方帮了亚扎玛特吗？我敢打赌，他今天认出了贝拉。我知道，他一年前爱她爱得要命——他亲口对我说过——而且，假使有希望弄到一份

体面的彩礼的话，他肯定就求婚了……'

"毕巧林当下陷入沉思。'是的，'他回答说，'应当小心些……贝拉，从今天起，你就不要再到城墙上来了。'

"晚上，我耐心细致地跟他谈了很长时间：我感到懊丧，因为他对这个可怜的女孩子变心了；另外，他半天时间花到了打猎上，态度冷得像块冰，对她难得温存。她也开始明显地消瘦了，小脸儿拉得老长，一双大眼睛变得暗淡无光。我曾问过她：'你叹啥气哩，贝拉？你伤心了？''不！''你想要点啥？''不！''你想亲人啦？''我没有亲人。'一连几天，除了'是'和'不'外，从她嘴里一句话也难得听到。

"我开始对他说的也是这些。'您听我说，马克西姆·马克西梅奇，'他回答说，'我有一个倒霉的个性：是把我教育成这样啦，还是上帝把我造的就是这样，这我不知道；可我知道，如果我是别人不幸的原因，那么自己的不幸也不亚于他人；当然，这对他们是一种蹩脚的安慰，但问题在于，实情就是这样。青春伊始，我刚刚离开父母的庇护，就没命地受用金钱所能得到的各种享乐，随后，自然啦，这些享乐都让我玩腻了。然后，步入了贵族社会，很快这个社会让我同样腻味；我看上了那些交际场中的美人儿，也受到了别人的青睐，不过她们的爱只能激起我的幻想和虚荣心，内心却变得空虚无聊……于是我开始读书，学习——做学问也同样做不下去；我看到，无论荣誉，还是幸福，一点也不取决于学问，因为最得意的人，却都是些无知的草包，名誉则看你机遇如何，所以要想名扬天下，只需机灵乖巧即可。于是我感到百无聊赖……很快就到了高加索，这是我一生中最为幸福的一段光阴。我本指望在车臣的枪林弹雨之下，心中不会再有苦闷——纯属枉然：过了一个月，我对弹雨蜂鸣和死在眼前毫不介意，以至于，真的，更多地关注起蚊子来，于是我比以前更觉苦闷，因为我连最后的一线希望也破灭了。当我在自己的房中看到贝拉时，当我第一次把她抱在膝头，亲吻她一绺绺黑色的鬈发时，我，这个笨蛋，还认为她是大慈大悲的命运之神给我派来的天使呢……我又错了：山野女子的爱，与上流社会小姐的爱相差无几，虽好，却有限；一个女人的无知与单纯，像另一个女人的卖弄风情一样，让人感到乏味。如果您需要的话，那我就爱她，报答她那甜蜜的几分钟，我为她献出自己的生命，但我与她在一起却味同嚼蜡……我是个傻瓜，还是个恶棍，我不知道；但是说实话，我同样非常值得怜悯，也许比她更可怜：我的心灵让上流社会给毁了，剩下的只有神不守舍的幻想，难以满足的奢望；世间万物我都觉得微不足道，因为对忧伤我轻而易举就可习以为常，就像把享乐看成家常便饭一样，所以我的生活一日比一日空虚；我的出路只剩下一条：旅游。日后只要捞到机会，我就出游，只是不去欧洲，绝不能去！我去美洲，去阿拉伯，去印度——碰巧在半路的什么地方就死了！至少说，我相信最后这一线慰藉不会很快消失殆尽，暴风雨和恶劣的道路会成全我的。'他就这样说了很长时间，而且这些话深深刻入我的记忆中，因为我还是头一回从一个二十五岁的人的嘴里听到这样的话，但愿也是最后一次……简直不敢想象！就请您说说，"上尉转过脸来，继续说，"您，这不，好像到过京城，而且刚离开不久，莫非那里的青年也都这个样子？"

我回答说，嘴上讲的同这完全一样的人很多；其中讲的是实话的人想必也有；不过失望沮丧，心灰意冷，像所有的时髦风尚一样，从社会最上层开始，向最下层成员降落，直到在他们身上弃若敝屣，而今天最大多数的、真正感到苦闷的人，却竭力掩饰自己的不幸，就像掩饰自己的缺陷一样。上尉不理解这些奥妙，摇了摇头，调皮地一笑，说：

"不过，以发愁为时髦，想必是法国人哄起来的吧？"

"不，是英国人。"

"啊哈，这样呀！……"他答道，"可您知道，他们一向是臭名远扬的酒鬼呀！"

我不由得想起一位莫斯科小姐，她一口咬定拜伦是个酒鬼，其他一概不论。不过上尉的见解倒是情有可原：为了戒酒，他当然要使自己相信，酗酒是世上的万恶之源。[①]

当时他就是带着这样的神情，继续讲自己的故事的：

"卡兹比奇没有再来，不过不知为什么，我难以打消头脑中这样一个念头，就是他上次不会是白来的，他在开始琢磨一个毒招。

"这不，有一次毕巧林要拉我和他去打野猪；我推辞了很长时间：算了吧，野猪对我来说有啥稀罕！可他还是把我拉去了。我们带了五六个士兵，一大早就出发了。十点以前，我们在苇丛和森林中东寻西找——没发现野兽。'喂，是不是该回去了？'我说，'何必那么痴心呢？也许今天命里该着不走运！'可是尽管天气酷热，人困马乏，葛里戈里·亚历山大罗维奇却不肯空手

---

① 不管是上尉谈及酗酒，还是莫斯科小姐谈及拜伦，作者谈及时都报以嘲讽，讥笑其见解偏狭，未论酗酒本身。

而归，他就是这么个人：不撞南墙不回头。看来小时候让他妈给惯坏了……天到正午，终于找到了一只该死的野猪：叭！……叭！……一看，那里地上没有，跑进苇丛了……这一天真是倒霉！这样，我们稍微休息了一会儿，就回家去了。

"我们松开缰绳，不声不响地并着两马往前走，眼看就要塞跟前了，只是因为灌木丛遮挡，我们才看不见它。突然一声枪响……我们互相看了一眼，一种相同的疑心使我们毛发倒竖……我们扬鞭催马，赶往枪响的地方，一看，城墙上的士兵们扎成一堆儿，朝田野里指指点点，那里有个人骑在马上没命地奔跑，鞍上有个白色的东西。葛里戈里·亚历山大罗维奇一声尖叫，声音绝不亚于任何一个车臣人；枪从枪套中取出，又放进；我紧跟在他的身后。

"幸好由于打猎中运气不好而没有把马累垮：它们在胯下纵身飞奔，我们也随着一分一秒过去而离得越来越近……我终于认出了卡兹比奇，只是难以看清他身前带的东西是啥。当时我已与毕巧林两马走齐，就向他喊了一声：'喂，是卡兹比奇！'他向我看了一眼，点了下头，朝马就是一鞭。

"说话间，我们和他都在射程之内了；不知卡兹比奇的马是累坏了，还是本来就比我们的马差，尽管他紧打紧催，马却不肯卖命地往前冲。我想，这个节骨眼儿上，他会想起自己的卡拉骄斯的……

"我看见毕巧林一边跑，一边端起了枪……'别打！'我朝他喊了一声，'节省子弹，就这样我们也会追上他的。'可他毕竟血气方刚，向来气盛……枪已打响，而且子弹打穿了马的一条后腿；它心急火燎地又蹦跶了十来步，脚下一绊，跪在了地上。卡兹比奇跳了下来，这时我们看清了，他怀里抱着的是被披纱紧裹着的女人……这是贝拉……好可怜的贝拉啊！他用他们的语言朝我们大喊大叫，把剑举到了她的上方……火燎眉毛，不能迟疑：我开了枪，同样也击中了；可能子弹打中的是他的肩膀，因为他的胳膊突然耷拉下来了……当硝烟散去时，地上躺着受伤的马，马的旁边是贝拉；卡兹比奇则扔下枪，穿过森林，像只猫一样，爬上了悬崖；我本想把他从上面掀下来，可惜没有上膛的子弹！我们跳下马，飞身扑向贝拉。可怜的人儿呀，她躺着一动不动，血从伤口涌出来，就像一道道溪水……这样惨无人道：哪怕朝心上捅一刀也好，唉，要是那样，一下子也就完了，可这是朝着背上呀……这是最残忍的刺法啦！她不省人事。我们撕下披纱，包扎好伤口，尽量扎得紧些；毕巧林纯属多余地亲着她冰冷的嘴唇——任何东西也不能使她恢复知觉。

"毕巧林骑到马上，我把她从地上举起，凑凑合合放到了他身前的马鞍上；他一只胳膊搂着她，我们就朝回走。沉默了几分钟后，葛里戈里·亚历山大罗维奇对我说：'听我说，马克西姆·马克西梅奇，像这样我们是难以把她活着弄到家的。''是的。'我说，随即催马尽力猛跑。在要塞门口，一大群人在等我们；我们小心翼翼地把受伤的贝拉抬到了毕巧林的住处，并派人去请大夫。大夫虽然喝醉了酒，可还是来了：检查了伤口，说她活不过一天了；但是他错了……"

"康复了？"我禁不住一阵高兴，抓住上尉的胳膊，问道。

"没有，"他答道，"说大夫错了，是因为她又活了两天。"

"那您给我讲讲，卡兹比奇怎样把她捆走的？"

"是这么回事：虽说毕巧林不让她到要塞外面，可她还是到了小河边。当时，您知道吧，天气很热；她坐在石头上，把两只脚伸进了水里。这时卡兹比奇一下溜到她跟前，揪揪扯扯逮住了她，把嘴塞上，拉进了灌木丛中，在那里翻身上马，打算逃跑！不过她还是来得及喊了几声；哨兵们惊慌失措，开枪射击，没有打中，我们立即就赶到了。"

"不过卡兹比奇为什么要把她弄走呢？"

"这还不明白吗！这些切尔克斯人是帮有名的盗贼：无论什么东西，你一错眼，他们准保偷走；有些东西，他们也没用，可他们还是偷……这些事对他们就睁一只眼，闭一只眼吧！另外他也早就看中了她。"

"贝拉就这样死了？"

"死了；不过受了好长时间的罪，连我们也同她一起遭罪。夜里十来点钟，她恢复了知觉；我们坐在床边；她刚一睁眼，就叫毕巧林。'我在这儿，在你身边，我的占溜琪卡（也就是我们俄语说的心肝儿）。'他抓住她的手回答说。'我要死了！'她说。我们就开始安慰她，说医生保证一定把她治好；她摇摇头，把脸转向墙壁——她不想死啊！……

"夜里，她开始说胡话了；头上很烫，有时由于忽冷忽热而浑身发抖；她断断续续，前言不搭后语地说着她的父亲、弟弟；她想上山，回家……随后同样也说毕巧林，用各种温柔的称呼叫他，或是责备他不再喜欢自己的心肝儿……

"他低头用两手捂着脸，一言不发地听着；但是只有我注意到，从头到尾他的睫毛上都没有挂过一滴泪：是真的不到痛处不落泪，还是克制着自己——这我不知道；至于我，可是从未见过这么让人痛心的场面。

"黎明前，她不再胡说了；约有一个钟头，她躺在床上一动也不动，脸色惨白，而且极为虚弱，只能勉勉强强看出她在呼吸；随后她好了点，并且开始说话了，不过您想她会说些啥呢？……这种念头只有临死的人才会有！……她开始为自己不是基督信女而伤心，为在阴曹地府永远不能与葛里戈里·亚历山大罗维奇的灵魂相遇，而另一个女人将是他天堂里的女友而伤心。我突然产生了个念头，想在她死前为她祝福；我向她提了这个建议；她心神不定地看了我一眼，久久说不出话来；末了她回答说，她生前信仰啥，就怀着那种信仰去死。她就这样又过了整整一天。那一天她变得多厉害呀！苍白的双颊深深塌陷，两只眼睛变得很大，很大，嘴唇火烫火烫。她感到体内发热，好像她的胸内装着一块烧红的铁一样。

"又是一个夜晚；我们没有合眼，没有离开过她的床边。她痛苦得要命，嘴里哼哼着，疼痛稍微缓和了一些时，她就竭力要葛里戈里·亚历山大罗维奇相信她好点了，劝他去睡觉，吻他的手，捧住他手不放。早晨到来之前，她对死亡感到心慌意乱，开始辗转反侧，翻来滚去，撕开绷带，这样血又流了出来。给她包扎好伤口，她又能安静一会儿，开始请毕巧林吻她。他单腿跪在床前，把她的头从枕头上抬起，把嘴唇贴在她正在变冷的双唇上；她瑟瑟发抖的两臂紧紧搂住他的脖子，好像要在这一下亲吻中把自己的灵魂转交给他……不，她的死，这步棋走得妙：请问，万一葛里戈里·亚历山大罗维奇把她给甩了，她怎么办呢！……而这一天，或迟或早总是要来的……

"第二天上午，她都不管我们的大夫用药水和药膏咋折腾她。'您听我说！'我对大夫说，'您亲口说过，她无可救药，那您何必老是使用您这些药呢？''毕竟好些，马克西姆·马克西梅奇，'他回答说，'这样良心过得去。'一片苦心啊！

"中午过后，她便干渴难耐。我们打开了窗子，可院里比房内还热；把冰块摆在床前没有用处。我知道，这难忍的干渴，是最后一刻到来的兆头，并把这告诉了毕巧林。'水，水！……'她从床上欠欠身子，嗓音沙哑地说。

"他面色如土，抓起茶缸，倒水递给了她。我双手掩面，开始祈祷，不记得都说了些啥……不错，老兄，死于野战医院和死在战场上的人我见得多了，可那跟这都不一样，天地之别啊！……还有，我承认，这一点也让我伤心：她死前一次也没有念起我；好像我没像父亲那样爱过她一样……啊，愿上帝宽恕她！……不过，说句实在话，我何苦要耿耿在心，让她在死前一定要念叨我呢？……

"她刚刚呷了口水，就松快了点，可是过了三分钟，她就断气了。我们把一面镜子放在她的唇上——愿她一路平安！……我把毕巧林从房内拉了出来，两人朝要塞城墙走去；我们两臂反背在身后，哑口不语，来回在上面走了很长时间；他脸上的表情没有任何失望，这使我感到懊恼；换作我是他，悲痛得寻死的心都会有的。最后他坐在石头上，坐在阴凉处，拿起一根树枝儿在沙地上瞎画起来。我，是这样的，更多是出于礼节，想安慰他几句，就开口了；他却仰起脸，笑了起来……这笑声，使我起了一身鸡皮疙瘩……我就去订购棺材了。

"我承认，我去干这档子事，部分原因是想消除愁闷。我有一块绸缎，我拿它来蒙棺材，并拿葛里戈里·亚历山大罗维奇买给她的切尔克斯白银饰带加以装饰。

"第二天一早，我们把她安葬在要塞外面，葬在小河边上，她最后一次坐的那块地方附近；现在，她的坟头四周长满了白合欢树和接骨木。我本想竖个十字架的，可您知道，这不太妥当；她毕竟不是基督徒呀……"

"那毕巧林呢？"我问。

"毕巧林病了很长时间，瘦得像根柴火，可怜巴巴；不过从那时候起，我们从没提起过贝拉：我看得出，他不喜欢谈，那又何苦呢？过了三个来月，他被派到 E 团供职，就到格鲁吉亚去了。从那时起，我们就没见过面，不错，好像谁前不久跟我提起过，说他回俄罗斯了，可是在边防军的那些命令中却没提到过这事。不过话又说回来啦，消息很晚才到我们这里，这事也是这样的。"

他随即陷入冗长的论证，说明消息晚听一年是多么不快——这大概是要压下伤心的回忆吧。

我没打断他，也没有听他。

一小时后，可以走了；暴风雪停了，天空晴朗，我们就出发了。路上我又情不自禁谈起贝拉和毕巧林这个话题。

"那您听没听说卡兹比奇的情况怎么样？"我问。

"卡兹比奇的情况呀？啊，还真不知道……我听说右翼沙普苏格人①那里有个叫卡兹比奇的，真是一条汉子，枪弹就在身边嗖嗖直叫，他穿一件红色紧身上衣②，在我们的火力射击下小碎步走来走去，而且还毕恭毕敬地朝四面鞠躬致意；不过这未必就是原来那个卡兹比奇！……"

我与马克西姆·马克西梅奇在科毕分手了；我乘的是驿车，他因为行李重，不能和我同行。我们没有料到我们还会再次相见，可是却又见面了，所以，如果想听，我就给各位讲讲。这是一个完整的故事……不过各位是否承认马克西姆·马克西梅奇是位令人敬重的人？……若蒙承认，那我就算因自己的，也许过于冗长的故事愧领各位重赏了。

---

① 阿第盖人的一部分。

② 即别什梅特，高加索人穿的一种半长衣裳，通常是内衣。

二　马克西姆·马克西梅奇

与马克西姆·马克西梅奇分手后，我一路紧赶慢赶，走完了捷列克河与达里雅尔河谷地，在卡兹别克用过早餐，在拉尔斯饮罢茶，晚饭前赶到了弗拉季高加索。我不会死乞白赖缠着各位，不会没完没了地描写那些崇山峻岭，大兴空洞无物的赞叹，不会做那些让人，尤其是不曾身临其境的人们听后不知所云的景象描写，不会做那些绝对无人愿读的统计性评介。

我在一家客栈住下，所有的人都在那里过夜，可是在那里却找不出一个能烤只野鸡或烧碗汤的人来，因为这家客栈包给了三个残疾人，他们或是笨得要命，或是酩酊大醉，以致从他们口中听不出一句囫囵话来。

人们告诉我，我得在这里待上三天，因为来自叶卡捷琳诺格勒的可捡的"便宜"还没有到，因而也就谈不上回去。喜从天降，叫意外捡了个"便宜"，横祸飞来，也叫意外捡了个"便宜"！……但这个蹩脚的双关语[①]，并不能给俄罗斯人当定心丸，所以为了解闷，我想起把马克西姆·马克西梅奇讲的贝拉的故事

---

① 俄语中"оказия"一词词意，一是方便、便宜（如顺路捎脚、捎东西），一是意外、怪事，所以说是双关语。

记下来，没想到它会成为我中篇小说集①的长链中的第一环；各位看，这就像有时候，一个微不足道的挫折，竟会产生致命的恶果一样！……各位可能还不知道"便宜"指的是什么吧？它指的就是一个有半连人的押送队，由步兵和炮兵组成，辎重车辆由他们护送，从弗拉季高加索出来，翻过卡巴拉到叶卡捷琳诺格勒。

第一天待得味同嚼蜡；第二天一大早一辆马车就来到了院里……啊！马克西姆·马克西梅奇呀！……我们如同故友重逢。我提议他住到我的房间里。他丝毫也没有客套，甚至还在我肩上打了一拳，撇嘴作笑。真是一个怪人！

马克西姆·马克西梅奇在烹饪方面是把好手：他炸山鸡技艺超群，给上面浇的黄瓜汁也恰到好处，所以我承认，要是没有他，我就只有啃干粮的份儿啦。一瓶卡赫齐亚葡萄美酒，使我们免除了下酒菜少得可怜的感觉（一共也就只有一个菜），使我们能够点上烟斗，稳稳当当坐下来；我坐到窗前，他坐在炉旁，里面已生上了火，因为天气又湿又冷。两人相对不语。我们有什么好说的呢？他已经把与自己有关的所有动人故事全都讲了，我又没有什么可讲的。我的两眼望着窗外。捷列克河奔腾向前，越流越宽，撒落河岸上的许许多多矮房，在树的后面闪闪烁烁，忽隐忽现。更远的地方，群山映出了一排齿状罗列的蓝色峰峦，它们的背后，则露出了卡兹别克山头戴白色主教帽的身影②。我在心中默默向它们辞行：一种依依惜别的心情开始涌上心头……

---

① 这里指《当代英雄》，实际上是由相对独立的中短篇组成的长篇小说。

② 这里莱蒙托夫大意了，其实主教戴的是红色帽子。

所以我们坐了许久。当户外响起驿车的铃铛和马车夫的叫喊时，太阳已经躲到了寒冷的重峦叠嶂背后，山谷中弥漫起淡淡的白雾。有几辆驿车进了客栈院内，上面坐着肮脏的亚美尼亚人，它们后面，跟的是辆空空的四轮游车；它的轻载、舒适的设备和漂亮的外观，给人一种异国风味的感觉。车后跟着一个大胡子，穿着匈牙利式轻骑兵的短外衣，对一个仆从来说，这身行头是够阔气的了；看到他从烟斗里面磕烟灰和呵斥马车夫那副趾高气扬的派头，称他仆从是一准没错。他显然是被懒懒散散的老爷惯坏了的那种仆从——可以说是俄罗斯的费加罗①。

　　"喂，伙计，"我隔着窗户朝他喊道，"'便宜'来了还是怎么的？"

　　他盛气凌人地看了我一眼，正了一下领带，背过身去；走在他身旁的亚美尼亚人笑吟吟地替他答道："正是'便宜'到了，明天早晨返回。"

　　"感谢上帝！"这时刚好赶到窗前的马克西姆·马克西梅奇说道。"好漂亮的车呀！"他又补充了一句，"想必是哪个当官儿的来梯弗里斯审案。看得出，他不熟悉咱们这里的山地！不，这可不是闹着玩的，伙计：他们跟咱不像一路人②，竟会拿一辆英国豪华四轮车来这山地颠簸！"

---

　　①　法国作家加隆·德·博马舍（1732—1799）名剧《塞维利亚的理发师》（又名《防不胜防》）的主人公，是剧中人阿勒玛维华伯爵的理发师，虽为仆人，但因足智多谋，见多识广，所以在伯爵与自己情敌的斗争中起着举足轻重的作用。

　　②　这里指同一个层次，同一种生活水平，非指同路。

"那这又会是些什么人呢——咱们问问去……"

我们来到了走廊。走廊的尽头，一扇通往侧房的门敞开着。仆从正带着马车夫往里面搬箱子。

"喂，老弟，"上尉问他，"这样漂亮的马车是谁的呀？……啊？……多好的四轮马车呀！……"仆从没有转身，一边解皮箱，一边嘴里嘟哝着什么。马克西姆·马克西梅奇火冒三丈；他朝不懂礼数的仆从肩上推了一把，说："我在跟你说话呢，伙计……"

"谁的四轮马车？……我家老爷的呗……"

"你家老爷是谁？"

"毕巧林呀……"

"你说啥？你说啥？毕巧林吗？……哎呀呀，我的天！……他在高加索部队里干过吗？……"他抓着我的袖子，嘴里大声嚷嚷着。他的两只眼睛闪着兴奋的光芒。

"好像干过。不过我跟随老爷他当差的日子还短。"

"这就对喽！……这就对喽！是葛里戈里·亚历山大罗维奇吗？……你说他是这样称呼的吗？……我和你家老爷是好朋友。"他加了这么一句，在仆从肩头友好地推了一把，致使仆从跟跟跄跄倒退了两步……

"手下留情，先生；您妨碍干事呢。"那人皱起双眉说。

"话说到哪里啦，老弟！……你哪里知道，我和你家老爷是挚友，曾一起住过……他自己现在在哪儿呢？……"

仆从声称，毕巧林留在了H团长那里用晚饭和过夜……

"那他晚上就不过来啦？"马克西姆·马克西梅奇说，"你，伙计，是不是也没啥事要到他那里去啦？……要是去，你就对他说，马克西姆·马克西梅奇在这里；你就这样跟他说……他就会知道的……我给你八十戈比拿去喝酒……"

听到开口如此小气，仆从做了个轻蔑的表情，但他要马克西姆·马克西梅奇相信，托付他的事他会办到的。

"这样他就会赶来的！……"马克西姆·马克西梅奇露出一副欣喜若狂的神情，对我说，"我到大门口等他去……嗨！可惜我不认识H……"

马克西姆·马克西梅奇坐到了大门口外的长凳上，我则回到了自己的房间。我承认，我同样迫不及待地等着这位毕巧林的出现；虽说依据上尉讲的故事，我对他的看法并不多好，但他个性中有几点我却感到很不平常。一个钟头过后，残疾人送来了滚开的茶炊与茶壶。

"马克西姆·马克西梅奇，您不喝点茶吗？"我隔着窗子对他喊道。

"谢谢！不知怎么没心思喝。"

"哎，喝点吧；您看天已晚了，天气也冷。"

"不要紧，谢谢您……"

"好，那就请便吧！"我开始一人独自喝茶；十分钟过后，我这位老头儿进来了。

"其实，您说得也对，还是喝点好——可我一直在等……他的人照理说早该到他那里了，可是看来有点啥事拖着他走不开。"

他很快就把一杯茶灌了下去；拒绝喝第二杯，而是怀着一种焦躁不安的心情，再次来到了大门外。毕巧林的慢待显然伤了老头儿的心，因为他不久前还跟我谈他们之间的交情，而且一个钟头前还相信，只要一听说他的名字，毕巧林立刻就会跑来见他的。

当我再次打开窗子叫马克西姆·马克西梅奇，说该睡觉了时，天已经很晚了，很黑了；他咬牙切齿，嘴里嘟嘟囔囔；我又叫他进屋睡觉，他什么也没回答。

我裹上军大衣，把蜡烛放到火炕上，往沙发上一躺，很快就打起盹儿来，而且，假使马克西姆·马克西梅奇不深更半夜走进房中把我惊醒，我会扎扎实实睡一大觉。他把烟斗扔到桌上，开始在房中走来走去，鼓捣炉子，躺了下来，却又久久地咳嗽，吐唾沫，翻来滚去，难安衾枕。

"是不是臭虫咬了您呀？"我问。

"是，臭虫咬……"他重重地长叹一声，回答道。

第二天早晨我很早就醒了，但是马克西姆·马克西梅奇比我醒得还要早。我在门口找到他时，他照旧坐在长凳上。"我得到要塞司令那里去一趟，"他说，"所以要是毕巧林来了，劳您费心让人找我一下……"

我答应了。他撒腿就跑，似乎他的胳膊腿又重新获得了青春的活力与灵便。

早晨比较清冷，却十分美好。金色的云朵横在山巅，好似重叠隆起的又一道新的空中山脉。大门外展现出宽阔的广场；场外的集市上人声鼎沸，因为当天恰逢星期日，那些打着赤脚的奥塞梯孩子，背着成袋的带蜂房的生蜂蜜，围着我们打转；我把他们轰走了，因为我顾不上他们，我要开始为善良的上尉分忧了。

没过十分钟，我们等待的那一位来到了广场对面。他和H团长走在一起……那一位把他送到客栈，分手后拐进了要塞。我立即就打发人去找马克西姆·马克西梅奇。

毕巧林的仆从迎他走了出来，报告说他们现在去套车，把一盒雪茄递给他后，领了一些差事，就去张罗了。他家老爷抽了一口，打了两个呵欠，就坐到了大门另一侧的椅子上。现在我该给各位描写一下他的外貌了。

他中等个子；匀称、修长的身材和宽宽的肩膀，证实了他的身体的结实，经得起漂泊不定的生活中的种种困难和气候的变化无常，无论京城生活的放荡不羁，还是思想中的狂风暴雨，都摧不垮这样的身体；他那身落满尘土的天鹅绒长礼服仅扣着下面两个扣子，让人可以看清里面干净得发亮的衬衣，显示出一个严于律己的人的生活习惯；他那双弄脏了的手套，好像专门可着他那双达官贵人的手定做的一样，而当他摘下一只手套时，他苍白手指的干瘦则使我为之吃惊。他的步态无拘无束，懒懒散散，但我看到，他的胳膊却不随意摆动——这是他性格较为内向的准确标志。不过这只是我基于自己观察得出的个人看法，根本无意勉强各位盲目信服。当他坐在椅子上时，他平直的腰板就躬了下去，仿佛他脊背里连一根骨头也没有；他的整个身体状况，活活反映出一种神经衰弱症；他那副坐相，活像巴尔扎克笔下的那位狂舞之后，瘫软如泥地倒在绒面沙发上的三十岁的俏货[1]。第一眼看到他，我也许会以为他不过二十三岁，尽管后来我看他已有三十岁。他的笑容中有一种稚气；他的皮肤有一种女性的娇嫩；自来卷的淡黄头发，生动地勾勒出苍白而高雅的前额，只有久久端详，才

---

[1] 这里指巴尔扎克（1799—1850）的长篇小说《三十岁的女人》的女主人公。

会发现额头上重叠纵横的皱纹，也许只有在震怒或心烦意乱的时候，它们才会百倍地显眼。别看他发色浅淡，胡髭和眉毛却都是黑色的——这是人的自然属性，如同一匹白马的黑鬃与黑尾巴一样。为了把外貌写完，我还要说，他长有一个多少有点外翘的鼻子，一口洁白发亮的牙齿和一双褐色的眼睛。关于眼睛，我还应再说几句。

首先，当他笑时，这双眼睛却不笑！各位还无缘领略一些人的这种怪异的特征吧？……这种特征，或意味着心狠手毒，或显现了久藏心底的忧伤。透过半掩半露的睫毛，它们闪闪烁烁发出一种磷火的反光，如果可以这样表达的话。这不是心情激动或沉于幻想的反映，因为它宛若光滑钢板所折射出来的那种反光，耀眼，却冰冷；他的目光转瞬即逝，却又敏锐、抑郁，给人留下一种不加掩饰的怀疑的、令人心中不快的印象，若不是如此冰冷的平静，还可能显现出一种胆大妄为。我头脑中之所以出现这种看法，也许仅仅因为我了解他生活中的某些详情，所以他的外貌给别人的印象也许截然相反；可是因为除我之外，各位从任何人的口中都没有听说过他，所以各位不由得就会满足于我的这些描写。末了我还要再说一句，总的说来，他长得还相当不错，而且有一副极讨上流社会女人欢心的、颇具特色的相貌。

马已套好；马围脖儿下面的铃铛不时作响，仆从已经两次来向毕巧林报告，说诸事都已齐备，然而马克西姆·马克西梅奇却还没有回来。幸好毕巧林正望着高加索青色的峰峦陷入沉思，似乎全无匆匆上路的意思。我来到了他的面前。

"如果您肯再等一会儿的话，"我说，"您将有幸与故友重逢……"

"啊嗬，是呀！"他急匆匆地答道，"昨天人们跟我说了，可他人在哪儿呢？"我转向广场，看到马克西姆·马克西梅奇正没命地朝这边奔跑……几分钟后他就到了我们跟前；他气喘吁吁；脸上大汗珠子直往下滚；湿漉漉的绺绺灰发，从帽子里扑了出来，紧贴在额头上；两个膝头筛糠似的颤抖……他想扑上去，搂住毕巧林的脖子，可是后者十分冷漠，虽说也露出和蔼可亲的笑容，向他伸出手来。上尉呆若木鸡似的愣了一会儿，但马上就如饥似渴地用两手紧紧握住他的一只手：显然是憋不出一句话来。

"我多么高兴呀，亲爱的马克西姆·马克西梅奇！啊，您过得好吗？"毕巧林说。

"你……呢？……您呢？……"老头儿热泪盈眶，木木讷讷……"有多少年了呀……都多少日子了呀……您这是上哪儿去呀？"

"我去波斯，然后再往前走……"

"难道这就走吗？……得等一下，我的亲人呀！……难道马上就要你东我西吗？……有多少日子都没见面了呀……"

"我该动身了，马克西姆·马克西梅奇。"这就是回答。

"我的天，我的天呀！您咋能急成这个样子呢？……我有多少话想对您说呀……有多少话想问您……过得咋样呀？您退役了吗？……咋样呢？……都干了些啥呀？"

"过得乏味！"毕巧林脸上挂笑，答道。

"那您还记得我们在要塞的那些日子吗？多让人着迷的一个打猎场地呀！……要知道您可曾经是位射猎上瘾的猎手呀……另外，

还记得贝拉吗？……"

毕巧林的脸上一阵泛白，把脸转了过去……

"是，记得！"随后就难以忍耐地打了个哈欠……

马克西姆·马克西梅奇开始求他留下，和他再待两个钟头。

"我们好好吃一顿，"他说，"我这儿有两只山鸡；而这里的卡赫齐亚葡萄酒也很地道，当然不是格鲁吉亚的，可也是好酒……我们聊聊天，您给我讲讲自己在彼得堡的那些日子……啊？……"

"真的，我没什么可讲的了，亲爱的马克西姆·马克西梅奇……就这样再见吧，我该走了……我很急……谢谢您还没忘记我……"他拉起他的手。

老头儿蹙起双眉……他伤心和生气，尽管极力掩饰。

"忘记！"他嘟哝道，"我可什么都没忘记……啊，愿上帝宽恕您！……没想到和您见面是这种样子……"

"啊，好啦，好啦！"毕巧林友好地拥抱他说，"难道我不依然如故吗？……有什么办法呢？……人各有自己的志向……是否还有缘相逢，天晓得！……"他嘴里说着，人已坐上了四轮马车，于是车夫就开始抓缰绳。

"等一下，等一下。"马克西姆·马克西梅奇抓住四轮车的车门大声喊道，"全忘光了……我这里还有您的材料呢，葛里戈里·亚历山大罗维奇……我一直把它们带在身边，以为会在格鲁吉亚找到您，可上帝让我们在这儿碰上了……这些东西怎么办呢？……"

"随便吧！"毕巧林答道，"再见……"

"您这就去波斯呀？……那啥时候回来呢？……"马克西

姆·马克西梅奇跟在后面喊着……

车已经去远；但是毕巧林打了个手势，可以把它破译为下面的句子：未必回啦！何苦呢？……

无论车的铃铛声，还是车轮在石头路上的碰击声，都早已听不见了，然而可怜巴巴的老头儿却仍然心事重重，原地不动站在那里。

"是的。"最后他说这话时，竭力装作满不在乎的样子，尽管沮丧的泪水不时闪烁在睫毛间，"不错，我们曾经是好朋友，可当今朋友能抵个啥呢！……他能用得我啥呢！我不富，又不是官，再说年龄也不相当……您瞧瞧人家，重上彼得堡后，都变成了阔公子哥儿了……瞧那马车多豪华！……细软都堆成山啦！……连仆从都那么大的架子！……"他说这些话时，脸上带着一种嘲讽的冷笑。"请告诉我，"他把身子转向我，继续说，"对这您咋看呀？……嘿，哪处阴魂要勾他去波斯呢？……笑话，实在是笑话！……不过我一向都知道，他是一个轻浮的人，指靠不住……啊，真是的，可惜，他不得善终……这准保没错的！……我总是说，那种能忘掉老朋友的人是不可交的！……"说完他背过身去，以掩盖自己的激动心情，而当眼里满是泪水时，他就在院里围着自己的车转，指指点点，好像在查看车轮。

"马克西姆·马克西梅奇，"我走到他身边说，"毕巧林给您留下的是些什么材料呢？"

"天晓得是啥！一些笔记之类的……"

"您要拿它做什么呢？"

"能做啥呀？我让人拿走卷烟去。"

"倒不如给我呢。"他吃惊地看了我一眼，透过紧咬的牙缝嘟哝了几句，便在箱子里翻腾起来；没几下就掏出一个笔记本，露出一副嫌弃鄙薄的神情，把它扔在了地上；然后第二本，第三本，以至第十本，都是这种下场；在他的愤怒中有几分稚气；我觉得好笑，同时也可怜起他来……

"这不，就是这玩意儿，"他说，"祝贺您得了个宝贝疙瘩……""我可以拿它们随便用吗？""哪怕您在报上登它呢。于我有啥相干？……咋啦，难道我还算他的朋友？……或是他的亲戚？不错，我们曾长期住在一起……可和我一起相处过的人少吗？……"

我拿起材料就走，怕上尉万一夜长梦多，醒来后悔。很快就有人来通知我们，说押送队一小时后动身。我就吩咐套车。我已戴好帽子时，上尉进了房间；看来他还无意走；他面有难色，表情冷漠。

"那您，马克西姆·马克西梅奇，难道不走了？"

"不啦。"

"怎么回事？"

"我还没见到要塞司令，可我得把一些公务交给他……"

"您不是到他那里去过了吗？"

"去过了，当然，"他说话吞吞吐吐……"可他人没在家……我也没等到他。"

我理解他：可怜的老头儿也许平生第一次，拿官场上话说，叫作挂冠谋私——可他受到什么嘉奖啦！

"非常遗憾，"我对他说，"非常遗憾，马克西姆·马克西梅奇，我们很快就要分手了。"

"我们这样的缺乏教养的老头子怎敢高攀！……您是上流社会的、有脸有面的青年，眼下在这里，冒着切尔克斯人的炮火，您说得天花乱坠……而以后见面，怕是羞于向我们伸手的。"

"我可不该受这些责骂，马克西姆·马克西梅奇。"

"不过我这个人，您知道的，也是有口无心，随便说说；我还是要祝愿您事事如意，一路顺风。"

我们的分手干巴巴的、冷清清的。敦厚善良的马克西姆·马克西梅奇，变成了说一不二、挑剌挑眼儿的上尉！原因何在呢？在于当他想扑上去搂住毕巧林的脖子时，人家却心不在焉，或是出于别的考虑，仅仅向他伸出一只手来。当一个青年失却他最美好的希望与憧憬时，当他赖以障眼遮目来观察世事人情的那层玫瑰障翳撤下时，其景其情纵使惨不忍睹，可是他却有望以新的、不胜短暂却不逊甜美的迷梦来取代那些旧的……但在马克西姆·马克西梅奇这个岁数上，拿什么来替代它们呢？心日益冷漠，人渐见孤僻，难以自禁，心不由己。

我孤身只影上了路。

毕巧林记事簿

序

不久前我听说，毕巧林从波斯回来时死了。这消息使我十分开心：它使我有权出版这些笔记，于是我就不失良机，在别人的作品上署上了自己的名字。愿上帝保佑，莫让读者责怪我这种并无恶意的作弊！

我为什么想把自己素不相识的一个人的内心秘密公之于众，我想我要做些说明了。倘若我是他的朋友，那另当别论。亲密的朋友之间口蜜腹剑，尔虞我诈，是人所共知的；然而我终生和他也只是路途邂逅，萍水相逢，所以我对他不可能心存不可言传的仇恨——友谊其表，祸心其里，单等着友爱的对象死去或身遭不幸，便把责备、训导、嘲笑和不满劈头盖脸堆砌过来的那样一种仇恨。

浏览这些笔记，我对无情揭示自身短处与恶习者的真诚，深信不疑。一个人的历史，即使芥豆之物的小人物的历史，其有趣和有益，未必就比整个民族的历史逊色，尤其当它是阅尽沧桑者观察自己的结果，当它是不存博取同情和哗众取宠的虚荣心写出来的时候，那就更加精彩和富有教益。卢梭的忏悔有个不足之处，就是它是由他读给自己的朋友听的。

所以，仅仅功利心，就迫使我出版自己偶然到手的这本记事簿里面的一些片段。虽然我把所有的真实名姓都已改换了，但是里面写到的人想必都能认出自己，而且也许能找到理由，来为至今仍受到责备的那个人的行为辩护，不过此人与当今这个世界的利害已无牵连，而我们对自己能够理解的东西，也几乎是概不追究。

我收进这本书中的，内容仅涉及毕巧林在高加索的那段生活；我手头还有厚厚一个笔记本，他在里面记述了自己的整整一生。有朝一日它也会一任世人详阅为快的；但眼下由于种种重要原因，我还不敢当此重任。

是不是有些读者想知道我对毕巧林其人的看法呢？书名就是我的答复。"可那是辛辣的讽刺呀！"他们会这么说。这我就不知道了。

一　塔曼

塔曼——俄罗斯所有沿海城市中最令人深恶痛绝的一座城池。在那里我差一点被活活饿死，还不只如此，甚至有人还想把我沉入水中。深更半夜，我乘驿车到了那里。在城门附近仅有的一座石头房子的门前，车夫停下了人困马乏的三套马车。一个黑海哥萨克哨兵听到马车铃响，便如梦中呓语一样，腔调粗野地高声盘问："什么人？"一个军士和十人长走了出来。我对他们说，我是军官，要到作战部队办理公务，并要求他们提供驿站。十人长领着我们走遍全城。哪一座房屋都没走进——处处都是客满。天气严寒，我三夜都没有睡觉，浑身散了架似的，于是怒火中烧。"把我领到哪里都行，强盗！哪怕领我见鬼去都行，只要领到一个地方！"我厉声叫道。"还有一个地方，"十人长搔着后脑勺答道，"就是怕大人不喜欢，那里不干净①！"我弄不清最后一个词的确切含意，吩咐他继续往前走，在两边只有残旧篱笆的肮脏的条条胡同里，我们漫无目标地转了很久，最后到了紧靠海边的一间不大的草房。

一轮圆月照着我新居的苇草房顶和白色的墙壁；院子的四周圈一道鹅卵石的围墙，院内还有一座草房，比第一座还要矮

---

① 这里的"不干净"，不是指不卫生，而是指并非"净土"，常闹妖异怪谲之事的地方。

小、陈旧。几乎紧贴它的墙根，海岸断崖直落海面，下面深蓝色的波涛汹涌激荡，哀声怨语，喋喋不休。月亮静悄悄地望着骚动不安、对它却俯首听命的醉人景色，我也能凭借月光分清远离海岸的两艘战舰，上面黑色的索缆一动不动地印在淡淡的穹隆上，恰似一面蛛网。"码头会有船的，"我想，"明天就到格连吉克去。"

给我当勤务兵的是个边防哥萨克。吩咐他把皮箱拿下来和打发走车夫以后，我开始喊这里的东家——没人答应；敲门——也没人答应……怎么回事？最后，从过道里爬出一个十三四岁的男孩。

"东家去哪里了？""勿有。""怎么？这里就没东家？""就勿有。""那么女东家呢？""保（跑）郊区去。""那谁给我们开门呀？"我朝门上踹了一脚，问。门自己开了，农舍里散发出一股潮湿的气味；我划了一根硫黄火柴，把它凑到小男孩的脸前，照出的是两只白眼睛。这是一个瞎子，一个先天的瞎子。他一动不动站在我的面前，我就仔细端详起他的脸来。

我承认，我对所有的瞎子、独眼龙、聋子、哑巴、缺腿的、断臂的、罗锅的，等等，一概怀有深深的偏见。我发现，人的外貌和他的心灵之间，向来都有一种奇怪的关系：好像人体任何部分一旦丧失，心灵就会失去某种感情。

正因为这样，我才仔细端详瞎子的面孔；然而从一副没有眼睛的脸上我能看出什么呢？……我怀着油然而生的怜悯，久久地看着他，突然一丝隐隐约约的微笑掠过他薄薄的嘴唇，而且不知为什么，它给我一种极为不快的印象。我的头脑中萌生一种疑虑，即这个瞎子不像看起来那么实瞎；我曾极力使自己相信，装瞎是装不成的，再说何苦要装呢？现在看来白白使自己相信了。但有什么办法呢？我就常常囿于偏见而……

"你是少东家？"最后我问他。"弗。""那你是谁？""孤儿，穷光蛋。""那女东家没有孩子吗？""勿有，原来有个妞妞，但跟一个鞑靼人保（跑）到海外了。""什么样的鞑靼人？""龟（鬼）晓得！克里米亚鞑靼人，刻赤的船夫。"

我进了农舍：两条长凳和一张桌子，火坑旁有一个很大的柜子，这就是里边的全部家具。墙上没有一幅圣像——这是一种凶兆！透过打破的窗玻璃，海风直朝里灌。我从皮箱里掏出个蜡烛头儿来，点着后开始归置东西，军刀和长枪放在墙角，把手枪放在了桌上，斗篷摊到了长凳上，哥萨克人把他的斗篷摊开放到了另一条长凳上；十分钟后他就打起鼾来，而我却睡不着，因为白眼珠的小男孩总在我面前的黑暗中游来游去。

这样过了大约一个钟头。月亮照进了窗内，月光洒向农舍的土地上。猝然间，在隔断地板的宽宽一条月光中闪过一个阴影。我起身望望窗外：有个人再次跑过窗前，鬼晓得藏到什么地方去了。我不能设想，那个东西顺着海岸的斜坡跑了下去；然而除此之外无路可走。我起床披上短棉衣，把剑别在腰上，神不知鬼不觉出了农舍；瞎男孩从我的对面走了过来。我藏在篱笆下，却见他脚步准确无误，却又小心谨慎地走过我的身边。他腋下挟着一个包袱，转弯朝着码头，开始沿陡峭狭窄的小道儿往下走。"到那一天，哑巴会大声说话，瞎子会重见光明的。"① 我在他身后想，我要和他保持着一定的距离，不让他从视线中失掉。

这时月亮穿上了乌云，雾气也从海面升起；透过雾气，邻近舰船的尾灯灯光依稀可见；时刻都有可能将舰船葬身鱼腹的漂石，被泡沫卷着，在岸下闪闪发光。我举步维艰地顺着陡峭的岩岸往下走，突然看到，瞎子站了一下，然后猫着腰朝右走；他走得那么贴近海水，似乎一个浪涛扑来就能把他卷走；不过看来他并不是头一次走过这里，他从一块石头迈上另一块石头和提防脚下坎坷不平的那种自信足可为凭。最后他停住了脚步，好像听了一下什么，便一屁股坐在地上，把包袱放到了自己身边。我藏在岸边一块突出的岸岩后面，观察他的一举一动，几分钟后，对面出现一个白色身影；她走到瞎子跟前，在他身边坐下。风不时飘来他们的交谈。

"怎么样，瞎子？"一个女人的声音说，"风暴太猛，杨珂不可能来了。"

"杨珂不怕风暴。"那一位回答。

"雾越来越大了。"反驳的又是那个满腹忧愁的女人的声音。

"在雾中更好混过巡逻船。"这就是回答。

"他要是淹死了呢？"

"那有什么？星期天你上教堂就可以不系新饰带。"

---

① 语出《圣经·依撒意亚》第29章，不过确切引语应为："到那日，聋者将听到书上的话，盲人的眼将由幽暗晦暝中得以看见。"（见1992年中国天主教主教团准印版《圣经》1178页。）

接着是一阵沉默；可是，有一点让我吃惊：瞎子跟我说话时用的是小俄罗斯方言①，可现在讲起话来，却是一口纯正的俄语。

"你看，让我说对了，"瞎子击了一下掌，又说，"杨珂既不怕海，也不怕风；既不怕雾，也不怕海岸巡逻队。你用心听啊：这不是水的溅击声，你蒙不住我的——这是长桨的声音。"

那女人一跃而起，焦急万分地朝远方遥望起来。

"你胡扯，瞎子，"她说，"我什么也没看见。"

我承认，不管我怎么用心，想在远方找出一只小船一类的东西，结果都未能如愿。这样过了十来分钟；接着，你瞧，在山头一样的浪涛之间，出现了一个小小的黑点：它一会儿变大，一会儿变小。慢慢，慢慢升到浪巅，很快又从上面跌落下来，就这样，一条小船离海岸越来越近。在这样的夜晚来横渡二十俄里海峡的水手，该是胆大包天的，而促使他这样做的原因，也一定非同小可！我心里这样想着，伴随着按捺不住的心跳，两眼直盯着那条可怜的小船；但它却像只鸭子一样，一猛子扎入水中，然后，快速地挥动着翅膀似的双桨，飞出泡沫四溅的谷底。这一下，我想，它要重重撞到岸上，并被碰个粉身碎骨了；可是它灵巧地侧了一下身子，安然无恙地闯入一个小海湾里。船上走下一个人来，中等身材，戴着一顶鞑靼人的羊皮帽；他挥了一下手，于是三个人一齐动手，从船上甩下拉一个东西；东西那么重，以至我至今都没弄明白船怎么竟然没有沉底。每个人扛起一包东西，顺着海岸就往前走，所以我很快就看不见他们了。本来该回去了；但是，

_____

① 对乌克兰一带所讲俄语的贬称，与大俄罗斯相对而言。

我承认，这些奇怪的现象使我放心不下，于是我一直支撑到天亮。

我的哥萨克勤务兵一觉醒来，见我已经完全穿好了衣裳，感到十分惊奇；但我没有对他说明原因。窗外蔚蓝的天空上布满朵朵白云，远方的克里米亚海岸，像扯得长长的雪青彩带，尽头是一面峭壁，它的顶端闪耀着一座白色的灯塔——我观赏了一阵窗外的景色，便动身去法纳戈里亚要塞，想从司令那里打听一下我去格连吉克的时间。

可是，你瞧！司令无论说什么都是模棱两可。停泊在码头里的船什么都有——有巡逻船，也有连货还没有开始装的商船。"也许，过三四天，会来一只邮船，"司令说，"到时候，我去看看吧。"我回到了住处，心情沉闷，怒火中烧。我的哥萨克在门口迎住了我，神色惊恐万状。

"糟了，大人！"他对我说。

"是呀，兄弟，天晓得我们什么时候才能离开这里！"听罢他更加焦躁不安，并凑到我脸前悄声说：

"这里不干净！今天我遇上一个黑海水军的军士；他是我的熟人——去年曾在一个舰队上服役；我跟他一说咱们住在什么地方，他便对我说：'那里，老弟，不干净，人们居心不良！……再说，实际上，那叫什么瞎子呀！无论去哪儿都独来独往，不管是去赶集、买面包，还是去打水……看来，这里人对这类事都见怪不怪了。'"

"这有什么呢？至少女东家还没露面呀！"

"今天您不在时，来了一个老太太，同她一起的还有她的女儿。"

"什么女儿呀？她没有女儿。"

"要不是女儿，天晓得这又是谁；不过老太太现在还坐在屋子里。"

我走进破旧的小房。里面炉子烧得很热，上面正在煮饭，对穷苦人家来说，这饭可是够讲究啦。不论我问什么，老太婆都是一个回答，她聋，听不见。拿她有什么办法呢？我转向坐在炉前不住往火中添柴的瞎子。"喂，瞎小子，"我揪住他的一只耳朵说，"说，夜里到哪里溜达去了，拿着包袱，啊？"我的瞎子突然哭起来，大喊大叫着："我到啥子地方啦？……啥子地方也勿有去……拿包袱？啥子包袱啦？"老太婆这一次算听见了，并大吵大闹起来："真想得出，再说还是对一个穷光蛋！您干吗这样对待他？他做啥对不住您啦？"这使我心里腻烦，于是走了出去，决心无论如何都要破了这个哑谜。

我把毡斗篷紧紧裹在身上，坐到篱笆下的石头上，眼睛望着远方；被夜里的风暴搅动得激荡不安的大海展现在我的面前，它那单调乏味的喧闹，恰似正欲入睡的市井絮语，使我忆及久远的年代，把我的心思带回北方，带回我们寒冷的京城。回忆在我心中掀起阵阵波澜，使我神摇意夺，思绪难收……就这样过了一个钟头，也许时间更长……忽然，好像听到一首歌，使我的听觉为之一震。确实不错，是一首歌，而且是位女子的清脆的歌声，但它是从哪里来的呢？……我仔细谛听——曲调十分奇特，时而舒缓哀婉，时而快速活泼。我环顾四周——四下空无一人；再仔细谛听——歌声好似从天而降。我举目一看，我那座小农舍的房顶上站着一个姑娘，一身条纹衣衫，两条舒散发辫，活活一个海上公主。她举掌遮挡耀眼的阳光，凝目注视着远方，时而发笑，自问自答，时而又唱起歌来。

我逐字逐句记下了这首歌：

仿佛各随自己心愿——
在那碧绿的海面，
来往着万家舟楫，
　　白色的帆船。
在这百舸千帆之中
有我一叶小船，
未备船帆、索具，
　　只划着两只桨板。
倘遇风急浪险——
垂老腐朽的舟舰，
便扬起翅膀似的风帆，
　　在海面惶苍苍四处奔散。
我则面向大海，
把腰低低贴向水面：
"你可别，凶险的大海呀，可别
　　触动我的小船：
我的船装载的
东西价值无限，
黑夜里掌舵的老大，
　　是条刚烈勇猛的好汉。"

我不由得想起，夜里我听到的正是这同一个声音；我沉思片刻，而要再朝房顶看一眼时，姑娘已经不见了。突然，她从我的面前跑过，嘴里小声哼着另外一首歌，而且打着响指，跑到了老太婆跟前，接着在她们之间发生了争吵。老太婆暴跳如雷，她却捧腹大笑。这时我看到，我的温迪娜①又蹦蹦跳跳跑来，到我身边后站住了，并直瞪瞪望着我的眼睛，似乎惊奇我的在场；然后漫不经心转过身，沉默不语朝码头走去。事情并没有这样结束：整整一天，她都在我的住房周围转悠；歌唱与欢跳一刻也不曾停止。真是一个怪物！她的脸上丝毫不显丧失理智的迹象；恰恰相反，她那双富有机智敏锐洞察力的眼睛停在了我的身上，于是这双眼睛似乎被赋予了一种诱人的威力，而且每次它们都好像在等你发问。可是只要我一开口，她便诡秘地笑着跑开。

我敢说，我从来还没见过这样的女人。她远不算漂亮，但对于美，我同样也有自己的偏爱。美的类型繁多……女人的类型，如同马的品种一样，是件大事；这一发现归功于青年法兰西②。它的，即女人的类型，而非指青年法兰西的，更多地表现在步态，表现在胳膊和腿上；鼻子更是事关成败……端正的鼻子在俄罗斯

---

① 中世纪神话中的一个水神，形象为一美丽的女子，常用动听的歌声把过往客人勾引到水底。德意志、斯堪的纳维亚民间故事和斯拉夫的民歌中都有她的形象，这一形象也曾出现在莱蒙托夫的《美人鱼》(1832)、《童僧》(1839)、《海上公主》(1841)等诗中。德国作家福凯(1777—1843)的小说中译名为《涡堤孩》。这里指房顶唱歌的姑娘。

② 指1830年法国革命后在雨果周围形成的法兰西青年浪漫主义作家团体，其中有夏尔·诺迪埃、阿·维尼等。

比小脚儿还要少。我的歌女芳龄不过十八。她非同一般的纤细柔韧体态，尤其令人叫绝的唯她独有的低眉俯首娇姿，那头淡褐色的长发，脖颈和肩头上日光轻轻晒过所浮现的近乎金黄的光泽，特别是她那端正的鼻梁——所有这些，都让我无酒自醉，神魂颠倒。尽管在她斜视的目光中，我觉察到了某种凶悍与狐疑，尽管在她的笑容中含有某种捉摸不定的东西，然而我偏爱的力量就是这样难以度量：端正的鼻梁使我走火入魔；我幻想着自己找到了歌德笔下的米娘^①，找到了这位作家德意志幻想的奇异的产物——确实如此，我的歌女与米娘有许多相似之处：都能从惊恐不安中迅即转变，安之若素，都有耐人捉摸的语言，都有相同的欢喜的舞动，特异的歌曲……

傍晚我在门口拦住了她，和她进行了如下的交谈：

"跟我说说，美人儿，"我问，"今天你在房顶上干什么呀！""就看风是从哪里来的。""你看它干什么呀？""风从哪方来，幸福就从哪里来。""怎么？难道你是在用唱歌来召唤幸福吗？""哪里有歌唱，哪里就有幸福。""那你唱歌不同样也能给自己唱来痛苦吗？""那又如何呢？哪里不多福，哪里就多祸，而祸福又是常相随的。""谁教会你唱这首歌的呢？""谁也没教；心里想唱，张口就来；谁该听，就听得清；谁不该听，他就听不懂。""那你的

---

① 歌德（1749—1832）长篇小说《威廉·迈斯特》中的头一部《学习年代》中的主要人物之一。《威廉·迈斯特》是歌德作品中地位仅次于《浮士德》的重要著作，描写了富商的儿子威廉·迈斯特历经彷徨、挫折走上改良道路的经历。米娘是个卖艺的意大利少女，杂技艺人，年轻漂亮，楚楚动人，多才多艺，惹人喜爱。

芳名呢，我的歌女？""谁取的名字，他就知道。""那是谁取的名字呢？""我怎会知道？""真是滴水不漏呀！但是我就知道你的一些情况。"（她面不改色，双唇纹丝不动，似乎这里说的与她无关一样。）"我知道，你昨夜去过海边。"随即我就一本正经地把自己看到的一切统统讲了出来，想羞羞她，却一无所获！她放声大笑起来。"您看见了很多，但知道得很少，而偶有知情，也该守口如瓶。""但万一我，譬如说，想起要报告司令呢？"我随即表现出严肃的，甚至是严厉的神情。她宛若受惊飞出丛林的一只小鸟一样，突然一步跳跃，唱起歌来消失不见了。我最后一句话说得很不是地方；当时我没意识到它的分量，但事后感到很懊悔。

天刚黑，我吩咐哥萨克依照行军习惯烧起茶炊，自己则点起蜡烛，坐到桌旁，抽上了旅途使用的烟斗。我要喝完第二杯茶了，门突然吱哇开了，我身后响起连衣裙与脚步轻微的窸窣声；我打了个寒战，转过身去，原来是她，我的温迪娜！她轻手轻脚，不言不语坐到我的对面，并全神贯注地盯了我一眼，也不知道为什么，可是我觉得她的目光蕴含着无限的柔情蜜意；它使我忆及早年的一种目光，那样的目光当时曾使我折服得五体投地，对它们百依百顺。她似乎在等我发问，但是我却没有开口，内心充满一种难以表白的羞涩。她的整个面庞笼罩着一层昏暗的苍白，显示出她的心潮起伏，忐忑不安；她的一只手漫无目的地在桌上抓摸，而且我发现它在微微颤抖；她的胸脯时而高高隆起，时而又像在屏着呼吸。这出喜剧已开始让我感到腻味，于是我打算以最为平庸的方式打破这种沉默，即给她递过一杯茶去，这一刹那她突然跃起，两只胳膊搂住我的脖子，接着在我的嘴唇上来了一个湿漉漉的、火辣辣的响吻。我两眼昏黑，头晕目眩，放纵自己青春年少的欲火，把她紧紧搂在怀里，但她却像一条蛇一样，从我怀中滑溜出去，只在我耳边说了句："今天夜里，人们入睡后你到海边。"说完像支利箭飞出房门。在门道里，她碰倒了茶炊和放在地上的蜡烛。"这个该死的野丫头！"躺在麦草上，指望以剩下的热茶暖暖身子的哥萨克叫道。这时我才醒悟过来。

大约过了两个钟头，码头上万籁俱寂，我叫醒了自己的哥萨克。"我的手枪一响，"我对他说，"你就往岸边跑。"他大睁两眼，愣愣磕磕地答道："是，大人。"我把手枪别在腰里就出去了。她在陡坡的边上等到了我；她的衣衫更加轻薄，一块不大的方巾系在她柔韧的腰间。

"跟我来！"她拉住我的一只手说，随即我们就往坡下走。我不知我怎么才没有栽下去；到下面后我们朝右走，上了头天夜里跟踪瞎子的那一条路。月亮尚未升起，只有两颗小星星，像救星一样，在深蓝色的穹隆中闪闪烁烁。沉重的浪头，一个接着一个，均匀而舒缓地向前滚动，轻轻掀动停靠岸边的一叶孤舟。"上船吧。"我的旅伴说。我犹豫不决——我不是爱在大海上做感伤漂流的那种人；然而时间已不容我后退。她跳上小船，我随后也跳了上去，但是还没来得及清醒过来，就发现我们的船已在行进了。"这是什么意思？"我怒不可遏地说。"这意味着，"她把我按在椅子上，两臂搂住我，答道，"这意味着，我爱你……"说完把她的面颊贴在我的腮上，于是我的脸感受到她炽热的呼气。忽然，一个东西咕咚一声落入水中：我往腰里一摸，手枪没有了。啊，心中顿时产生一种可怕的猜疑，血一下涌到了头上！回头一看，我们离岸已有约莫五十俄丈了，而我却不会泅水！我想把她从自己身上推开，但她像只猫一样死死抓住我的衣服不放，随后猛地用力一推，几乎把我推到海里。小船摇荡起来，然而我站稳了，于是我们展开了一场你死我活的搏斗；疯狂赋予我力量，可是我随即又发现，在机敏方面，我不及自己的对手……"你想干什么？"我紧紧抓住她的两只小手，大喊一声；她的手指发出叽叽的响声，然而她没有叫喊；她蛇一般的本性经受住了这一拷问。

"你已看见了，"她答道，"你会去告状的！"说完使出超乎常人的力气把我摔向船舷；我俩都半截身子倒挂在船外，她的头发触到了水面；时值千钧一发。我用一个膝头抵住船底，一手抓住她的一条辫子，另一只手卡住她的喉咙，她松开了我的衣裳，转眼我就把她扔进了浪涛之中。

四周已是漆黑一片；她的脑袋有两次闪现在海水的泡沫里，除这以外，我什么也没有看到……

在船底我找到了半截旧桨，随后艰难地折腾了好一阵子，才使小船停靠在码头。沿着岸边走向自己住处时，我不由自主地朝昨夜瞎子等待开船来的渡海者的那个方向仔细观察；月亮已在天上匆匆穿行，当时我感到，有个一身白衣的人坐在岸边。我受好奇心的驱使，悄悄走了过去，爬到海岸断崖上面的草丛里；稍稍探出脑袋，下面的一举一动，我从断崖上头都能看得清清楚楚，而当认出自己的海上公主时，我并没有为之愕然，而几乎是为之欣喜；她从自己长长的头发中挤着海水的泡沫；湿淋淋的衬衣描绘出她纤细柔韧的腰身和高高的胸脯。远方不久现出一叶小舟，迅速地开到了跟前；船上，像头一天夜里一样，跳下一个头戴鞑靼帽子的人，但头发蓄的却是哥萨克式，紧束的腰后还突出一把长长的钢刀。"杨珂，"她说，"统统都完了！"然后他们继续交谈，不过声音很低，我什么也听不清楚。"那么瞎子到哪儿去了？"杨珂最后说，声音提得很高。"我把他支开了。"这样回答。几分钟后瞎子来了，背着一个大口袋，他们把它放到了船上。

"听着，瞎子！"杨珂说，"你要守好那个地方……知道吗？那里有批很值钱的货……你告诉……（说的名字我没听清），我不再听他的使唤了；事情变得十分糟糕，他再也看不到我了；现在很危险；我要到其他地方去，他可再找不来这样的好汉了。你就对他说，假使他好好犒赏，杨珂也不会扔下他不管；至于我，只要是风吹海啸的地方，哪里都有我的活路！"沉默一阵后，杨珂继续说："她要跟我走，这里她待不下去了；另外对老太婆说一声，就说她该死了，活得太久了，要知道好歹。我们，她是再也看不到了。"

"那我呢？"瞎子满腹委屈地说。

"我要你有什么用？"这就是得到的回答。

这时我的温迪娜跳上了船，朝她的伙伴摆了下手；他补充了一句："拿上，给自己买些饼干吃。"随后把一点东西塞在瞎子手里。"就这么一点？"瞎子说。"喏，这不，再给你来点。"随即听见落地的硬币在石头上响了一声。瞎子没有捡它。杨珂坐上船，风从海岸吹来，他们扬起小小的船帆，飞速离去。月晖下，小小的白帆在黑魆魆的浪涛之间时隐时现，持续了许久；瞎子依旧坐在岸边，接着我就听到一种声音，好像是号啕大哭的声音：实际上就是小瞎子在哭，而且哭了很久，很久……我伤心起来。命运究竟为什么要把我抛入**这群正直的走私者**宁静的地盘上呢？恰似一块投入平滑如镜的清泉中的石头，我搅乱了他们的宁静，又宛如一块石头，自己几乎沉入水底！

我回到了住处。门道里，即将燃尽的蜡烛在木盘中发出噼噼啪啪的响声，而我的哥萨克则不顾命令，怀里抱着枪，睡得十分香甜。我没有惊醒他，拿起蜡烛走进小房内。哎哟！我的锦匣，银鞘宝刀，达格斯坦宝剑——朋友的馈赠品——统统都丢了。当下我便猜到了那个该死的瞎子扛走的是什么东西。我相当粗野地推醒了哥萨克，骂了他一通，发了一阵脾气，但是已经无可挽回！要是到上头告状，就说有个小瞎子洗劫了我的财物，而那个十八岁的姑娘则几乎把我沉入海底，岂不贻笑大方？

算上苍睁眼，一大早就有了走的机会，于是我便离开了塔曼。那个老太婆和那个可怜的瞎子下场如何，我不知道。再说，人们的悲欢祸福与我何干？我不过是个云游过路的军官而已，而且身上还带有公务在身所需的驿马使用证呢！……

第二部

（毕巧林记事簿续完）

二 梅丽郡主

5月11日

　　昨天我来到皮亚季戈尔斯克，在城的边缘，在它的制高点玛舒克山的脚下租了一套房子；雷雨天里，云朵低垂，可直落我的房顶。今晨五点，我打开窗子，植于庭院简朴小园中的鲜花，使我的整个房间芬芳宜人。欧种甜樱的花枝隔窗朝我观望，一阵风吹来，便把枝头白色的花瓣撒向我的书桌。我的住处，朝三面望去，景色都十分秀丽。西望，别什图山五峰耸立，蔚蓝如染，宛若"渐息狂飙残留下乌云一片"①；举目朝北，玛舒克山高高隆起，活像一顶毛茸茸的波斯帽，因而遮挡了这方面整整一隅的苍穹；放眼东望，更加令人开怀：朝下看，面前一座洁静、崭新的小城五光十色，医用矿泉的水流熙熙攘攘，操着不同语言的民众人声鼎沸，而那里，更远的地方，群山环抱，恰似一座古希腊罗马时代的半圆形露天剧场，山头愈益蔚蓝，愈益云雾缭绕，而视野尽处，则是座座顶戴白雪的峰峦，连成一条伸延开来的银链，起自卡兹别克山，终至双峰偎依的厄尔布鲁斯山……生活在这里，着实令人心旷神怡！一种愉悦的情感，充盈于我周身的血管之中。空气洁净而清新，宛若童吻一般；阳光明媚灿烂，天空一碧如洗：

---

　　①　普希金的诗《乌云》中的句子。

其美看来无以复加。此情此景之中，欲望、希冀、惋惜，还有什么意义呢？……不过话暂到此处。我要到伊丽莎白矿泉去了，听说那里早晨聚集着整个的矿泉社交界[1]。

············

从山上朝市中心走时，我在林荫路上碰到几起情绪低沉的人们，正步履迟缓地往山上爬。大多是草原上的地主之家；这一点只要一看他们的装束就知道了，男人们穿着破烂不堪的老式长外衣，妻子女儿的服装却很华美。看得出，矿泉社交界的每一个青年男子，都在她们的反复掂量之中，因为她们怀着充满柔情的好奇望了我一眼：彼得堡式的长礼服曾使她们误入迷津，然而，很快认出了军人的带穗肩章后[2]，便愤然作色地转过脸去。

地方当局的妻子们，也就是说，浴场的老板娘们，待人更加殷勤；她们戴着长柄眼镜，她们很少注重制服，她们习惯于在高加索接待记有号码的纽扣下面那颗火热的心，和白色制帽下富有教养的头脑。这些太太十分迷人，而且魅力经久不衰！每年她们的追慕者都要更换，她们永不倦怠的盛情的法宝，也许，就在这里。顺着羊肠小道儿朝伊丽莎白上行，我追过了一群男人，文职人员和军人，后来我听说，这是期待着流水萦回、时来运转的人们[3]中的一个特殊的群体。他们喝水，但不喝矿泉水；他们很少

---

[1]　这里指来此饮用和沐浴矿泉水的人们。

[2]　这里的带穗肩章，和后面所说的白色的制帽、记有号码的纽扣等都显示出这些军人已从近卫军被贬入普通军人之列。

[3]　此语出自《圣经》。

纵情，与女人们周旋调情也只是逢场作戏；他们打牌，抱怨苦闷。这是一帮公子哥儿们。他们把自己外面织有套的杯子伸进含硫矿泉井池①时，摆出一副大学者的派头；文职人员系着浅蓝色的领带，军人们则从自己的领口露出百褶领边。他们不时吐露对外省房舍所怀有的深深的鄙视，而对他们不得入内的京城上流社会客厅却又长吁短叹。

你瞧，终于到了矿泉井池……在它近旁的一块小广场上，盖有一座小房子，浴池设在它红色的房顶下面，再远一点，是一条雨天里人们散步的长廊。几个挂彩的军官，提起拐杖坐在长凳上，脸色苍白，愁云满面。几个太太大步流星，在平台上前后走动，等待着矿泉发挥疗效。她们之中，有两三个人长着一副好看的脸蛋儿。在玛舒克山坡上的葡萄藤长廊的掩映下，时而闪现出喜欢两人独处者的花色坤帽，因为在这样的坤帽旁，我发现，或是总有一顶军帽，或是总有一顶圆形衬帽。在另一面陡峭的山坡上，建有一座被称为风鸣竖琴②的亭子，自然景色的爱好者们在山坡上架着天文望远镜，并把它对准厄尔布鲁斯山；他们中间有两位家庭教师和他们的学生，来这里医治自己的瘰疬腺病。

我气喘吁吁，在山脚将尽的地方停住了脚步，靠在一座小房子的墙角上，开始用心观赏四周如画的风景，背后忽然传来一个熟悉的声音：

"毕巧林！到这里很久了？"

---

① 井池，系指泉眼外溢、泉水聚积的小池浅井。

② 乐器，木箱状，内装琴弦，一般放在屋顶，因风而鸣。

我转过身来，是葛鲁希尼茨基！我们拥抱在一起。我是在前线部队时认识他的。他被子弹打伤了脚，比我早一个礼拜来到矿泉。

葛鲁希尼茨基是个贵族士官生。服役仅一年，但追求衣着奢华，已经穿上了厚厚的士兵军大衣。他胸戴一枚士兵乔治十字徽章。他体魄健壮，肤色黝黑，长有一头黑发；尽管他才刚满二十一岁，但看上去已有二十五岁。说话的时候，他常把脑袋往后一仰，而且不时用左手卷一下胡髭，因为右手拄着拐杖。他话讲得很快，且出口成章。他属于这样一种人——他们无论遇到什么场合，都能找到现成的冠冕堂皇的话来，他们不为纯朴的美动容，他们要道貌岸然地装出非同寻常的情感，崇高的爱慕和空前绝后的痛苦。他们以产生反响为乐；那些外省风流女子，对他们喜欢得发疯。上了岁数以后，他们或成了性情温和的地主，或者成了酒徒，有时则两者兼而有之。在他们的气质中，常有许多好的品性，但一点也不风雅。葛鲁希尼茨基的偏爱是宣讲：他劈头盖脸朝您滔滔不绝地讲上一通，交谈很快也就不是通常意义上的交谈了；同他争论我任何时候都做不到。他不回答您的反驳，他不听您说些什么。只要您的话一停，他马上就开始长篇大论，似乎与您说的话有着某种关联，但实际上却只是他自己言论的继续。

他相当尖刻。他的嘲讽常是幽默有趣的，但任何时候都无确切目标和恶毒用心：他对谁都不恶语伤人；他不了解人们和他们的脆弱心灵，因为他一生都独来独往。他的目标，是要成为通常小说里描写的那样的英雄。他那样一而再，再而三地要人们相信，他生来就不是为了给人带来安宁，而是注定要使人蒙受神秘的痛苦的，最后连他自己差不多都信以为真了。正因为如此，他穿起自己厚厚的军士大衣才那么神气十足。我了解他，所以他不喜欢我，尽管表面看来我们之间有着最为要好的交情。葛鲁希尼茨基以出类拔萃的勇士而英名远扬；我在实战中看见过他：他手舞军刀，口中呐喊，眯着双眼冲向阵前。从某一点上看，这不是俄罗斯式的英勇！……

我同样也不喜欢他。我感到总有一天我们会冤家路窄，狭路相逢的，而且我们两人之中必有一人劫数难逃。

他来到高加索，同样是他浪漫主义的想入非非的结果。我相信，在离开老家的前夜，他曾经面色阴郁地对一个好看的女邻居说过，他这次并不是如同寻常地、简简单单地去服役，而是去寻找某种意义上的死，因为……说到这里，他大概会以手掩面，继续说出这样的话来："不，您（或是你）不该知道这些！您纯真的心灵会为之震颤的！再说，何苦呢？我算您的什么人呢？您理解我的心情吗？……"如此等等。

他亲口对我说过，激起他到 K 团的原因，在他与苍天之间永远都是一个谜。

不过当甩掉那身悲剧性的僧袍①时，葛鲁希尼茨基是足够迷人和有趣的。

我倒很想看看他是如何接触女人的；在那种场合，我想，他会使出浑身解数的。

我们是故友重逢。我开始向他细问矿泉这里的生活方式和这

---

① 指他的军士大衣。

里的头面人物。

"我们的日子过得很乏味，"他叹气道，"早晨喝矿泉水的人们少气无力，像天下所有的病号一样，但每晚喝酒的人们，则又像所有健康的人一样，喝得让人讨厌。与女性虽有交往，不过从她们身上只能寻得少许开心：她们打惠斯特牌，衣着很糟，说的法语让人害怕。今年从莫斯科仅仅来了一位里戈夫斯卡娅公爵夫人和她的千金，可是我和她们还不相识。我的军士大衣，仿佛是一个受到万人白眼的烙印，它所引起的同情，就像施舍一样，让人心负重压。"

这时有两位太太从我们身边走过，要到矿泉井池去：一个上了岁数，另一个年纪轻轻，体态匀称。坤帽遮掩，所以她们的脸我没看清，然而她们的穿戴却是严格依照上流社会的韵味的，丝毫未失分寸。第二位太太穿了一身 gris de perles[①] 高领长袖连衣裙，一条轻薄的丝绸三角巾紧围着她纤细柔韧的脖颈。一双 couleur puce[②] 的皮鞋齐踝紧束其娇弱的丽足，使她显得那么迷人，就连未领略过美的奥妙的人，也会仅因吃惊而赞叹。她轻盈却又典雅的步态，含有一种闺秀独有的、不拘世俗却又为世人理解的韵致。当她走到我们面前时，身上散发出一种难以形容的、有时一些女人的便笺才有的那种芳香。

"这不，这就是里戈夫斯卡娅公爵夫人，"葛鲁希尼茨基说，

---

① 法语，意为：珠灰色的。

② 法语，意为：浅淡红褐色。

"还有她的女儿梅丽，像她用英国人的叫法对女儿称呼的那样①。她们来这里才只三天。"

"可你已经知道她的名字了呀？"

"是的，偶然听见的，"他回答说，脸色随即涨得通红，"我承认，我不愿结识她们。这些傲气十足的贵族，看见我们这些当兵的，简直像看到了野人一样。至于在记有号码的军帽下有无头脑和厚厚的军大衣里是否有一颗心，她们哪里把这放在心上呢？"

"好倒霉的军大衣呀！"我面带讪笑地回答，"那么朝她们走去，并如此殷勤地递上一个杯子的那位先生是谁呢？"

"噢！这是莫斯科的花花公子拉耶维奇！这是一个赌徒，这一点从镶在他浅蓝坎肩上那条粗粗的金链上立马就可看出。你瞧，多粗的一根手杖呀，简直像鲁滨逊②的手杖一样！而且大胡子也恰到好处，发式也 à la moujik③。"

"你好像对三教九流的人都怀着恶意。"

"原因一言难尽……"

"噢！是吗？"

这时太太们离开矿泉井池，赶上了我们。葛鲁希尼茨基拿拐杖做了个戏剧性的姿势，并用法语大声回答我的问题：

"Mon cher, je haïs les hommes pour ne pas les mépriser, car

---

① 这里虽如此说，但仍依俄语拼写称呼为"梅丽"（Мери）。

② 英国作家丹尼尔·笛福（1660—1731）的代表作《鲁滨逊漂流记》的主人公。不过他手中拿的是伞，而不是手杖。"手杖"是法译本的误译。

③ 法语，意为：有男子汉的风度。

autrement la vie serait une farce trop dégoûtante." [1]

漂亮的郡主转过身来，并赏给演说家久久的、好奇的目光。这种目光表达的意思颇费揣测，不过不是我从内心深处盼望他得到的那种嘲讽。

"梅丽这位公爵府上的郡主真是天香国色，"我对他说，"她长有一双睫毛如绒的眼睛，确如丝绒一般。讲到她的眼睛时，我劝你采用这样的字眼儿来表达：上下睫毛是那样长，连太阳的光芒在她的瞳孔里都没有反光。我喜爱这双没有反光的眼睛：它们那样温存，它们好像在轻轻抚弄你似的……不过，看来她的容貌应该说无处不美……怎么样？她牙齿白吗？这至关重要！可惜她未对你辞藻华丽的句子报以微笑。"

"你谈一位好看的女人，像谈论一匹英国马一样。"葛鲁希尼茨基愤然说道。

"Mon cher,"[2] 我极力模仿他的腔调回答说，"je méprise les femmes pour ne pas les aimer, car autrement la vie serait un mélodrame trop ridicule." [3]

我转身拂袖而去。我顺着葡萄藤蔓的林荫道，沿着一处处石灰石山岩和悬附在上面的小灌木丛，漫步约半个钟头。天气热了起来，我便匆匆打道回府。路过硫黄泉源时，我在盖有房顶的长

---

① 法语，意为：我亲爱的，我恨人们，因此谈不上嫌弃他们，因为不这样，生活就会成为一场过于令人腻味的闹剧。

② 法语，意为：我亲爱的。

③ 法语，意为：我鄙视女人，是为了不爱上她们，因为不这样，生活就会变成一场过于怪诞的言情剧。

廊旁停住了脚步，想在它的阴凉下喘一口气，这却使我成了一个十分逗人的场面的见证人。出场人物当时处于如下的状态：公爵夫人与莫斯科的花花公子坐在长廊的一条长凳上，看来当时两人正埋头于严肃认真的交谈；郡主，想必已把最后一杯水喝完了，若有所思地在井池边走来走去；葛鲁希尼茨基就站在井池边；小广场上别无他人。

我朝近处走了走，藏在长廊的角落里。这时葛鲁希尼茨基把自己的杯子掉在了沙地上，就用劲弯腰捡它，因为那条病腿不听使唤。倒霉蛋！尽管撑着拐杖费尽了心机，却全都无济于事。他那张生动的面孔表现出来的实际上就是他的痛苦。

这一切郡主看得比我更清楚。

她身子比小鸟还要轻盈，一步跳到了跟前，弯腰捡起杯子递了过去，其姿势蕴含着不可言状的妩媚；随后羞得满面绯红，回身朝长廊里看了一眼，确信妈妈什么也没有看见之后，似乎心情立刻平静了下来。当葛鲁希尼茨基开口要向她道谢时，她早已走得很远了。一分钟后，她与妈妈和花花公子都走出了长廊，但从葛鲁希尼茨基面前走过时，她的神态却是那么循规蹈矩与庄重矜持，甚至没有转脸看他，甚至没有发现他那火辣辣的目光；而当她走下山去，尚未消失在林荫道的椴树背后时，他可是以这种眼神目送了她很长时间……但是，这不，她那顶坤帽这时在大街的对过闪了一下；她跑进了一幢房子的大门内，这是皮亚季戈尔斯克全城最好的房子之一。公爵夫人走在她的身后，并在大门口与拉耶维奇点头作别。

直到那时，可怜的、心里火烧火燎的士官生才发现我在那里。

"你看见了？"他紧紧握着我的手说，"她简直就是天使！"

"从何说起呢？"我装出一副天真无邪的样子问道。

"难道你没看见吗？"

"是，看见了，她把茶杯递给了你。假如那里站的是个把大门的，他同样也会那样做的，甚至手脚更快，盼着弄杯酒喝。不过，很明显，她可怜你，因为当你让枪打断的那条腿吃劲儿时，你的神色是那么吓人……"

"那么当她美好的心灵洋溢于面部表情时，你看着她就丝毫也不动心？……"

"不动心。"

我在撒谎，不过我是在有意地拱他的火。我生来就有一种逆反心理；我的整个一生，仅仅是一条与激情和理智苦苦作对又连连失败所形成的长链。一个热情洋溢的人在身边，让我感到的是主显节①时隆冬的严寒，而与一个萎靡不振、冷眼旁观的人过从甚密，我想，会把我变成一个火热的幻想家。我还承认，一种不快的却又熟悉的情感，此时轻轻掠过了我的心头；这种情感就是嫉妒；我对"嫉妒"勇于承认，是因为我对什么都习惯于供认不讳；未必能找出一个年轻人，当他碰到一个牢牢吸引着他那无所寄托的目光的女人，她又突然垂青于另一个她同样与其萍水相逢的男人时，他却心无妒火，未必——我敢说——就能找到一个年轻人（当然是曾经生活在上流社会、惯于使自己的虚荣心任意膨胀的年轻人），他遇上这种事会不心烦意乱。

_____

① 主显节，也叫耶稣受洗节，时值圣诞后第十二天，恰逢隆冬严寒。

我与葛鲁希尼茨基沉默不语地走到山下，沿着林荫道，走过我们的美人儿消失其中的那座房子的窗前。她坐在窗下。葛鲁希尼茨基拉了一下我的胳膊，用一种半含半露却又温情脉脉，而对女人很少奏效的目光朝她匆匆瞟了一眼。我用长柄眼镜朝她看去，发现他那一瞟引出她莞尔一笑，而我放肆的长柄眼镜，却惹得她怒气难消。倒也是的，一个高加索的大兵，怎敢把自己的眼镜对准莫斯科的一位郡主呢？……

5月13日

今天早晨，一位大夫来看我；他的名字叫魏尔纳，却是一个俄国人。这有什么奇怪呢？我也曾认识一个叫伊万诺夫的德国人。

从很多方面看，魏尔纳还是一个才华横溢的人。像几乎所有从医的人一样，他是一个怀疑论者与唯物论者，但同时又是一位诗人，而且一点都不含糊——抬手动脚、一举一动都是个诗人，开口闭口也常像一个诗人，尽管一辈子都不曾写出两句诗来。他琢磨过人的心灵中所有的最富情感的心弦，就像人们研究尸体中的血管一样，然而他从来都不会运用自己的知识，就像有时候一位优秀的解剖学家治不好疟疾一样。魏尔纳通常总是背地里嘲笑自己的病号，但是有一次我却看到了他为垂死的一名战士哭泣……他囊中羞涩，幻想有万贯家产，可是为了钱却一步也不肯多迈。有次他对我说，与其善待朋友，还不如帮助敌手，因为这意味着自己是在推销慈善。这样，仇恨的增长与敌手的宽恕就会两相持平。他长着一条可恶的舌头，在他那些尖酸刻薄的话里，不止一个好心人成了俗里俗气的大傻瓜；他的对手们，那些浮泛浅薄而又妒才嫉能的医生们，放出风来说，似乎他画了他病号的一张漫画，他的病号们听后火冒三丈，几乎全都不找他看病了。他的好友们，所有本本分分在高加索从业的人们，尽力恢复他跌落的信用也都无济于事。

有些人的长相，第一眼看起来让人别扭得要命，但是后来，当人们学会从他们不端庄的线条中，揣摩出历经磨难和境界崇高的灵魂所显出的征表时，就会喜欢他们。魏尔纳的长相就是这样。有一些例子，说明女人们对这样的人爱得发疯，不愿拿他们的奇丑无比去换恩底弥翁少男们①娇嫩无比而又红润无比的美貌。得替女人们说句公道话：她们具有观察心灵美的本能。也许正因为这样，像魏尔纳这样的人也热恋女人。

魏尔纳是个小个子，既干巴，又无力，活像个孩子。腿跟拜伦②的腿一样，一长一短。依照躯干的比例，他的脑袋算是个大脑袋；他用梳子比着剪发，这时显出的头颅上的坑坑洼洼，准会以它们走向错综的稀奇拼排，让颅相相士们目瞪口呆。他那双始终都惶惶不安的小黑眼睛，总想竭力猜度你的心思。从他的穿戴，可以看出他的审美情趣和他的注重整洁。一双消瘦而又青筋暴突的小手，戴上淡黄的手套后便遮丑显美了。他的常礼服、领带和

---

① 恩底弥翁，古希腊神话中的人物，青春年少，奇美，以至被宙斯相中，迎入天庭；后因与赫拉关系暧昧，宙斯使其长梦不醒。

② 即英国诗人乔治·戈登·拜伦（1788—1824），天生跛足。

坎肩则常是黑色的。年轻人戏称他是靡非斯特①；表面上，他对这个绰号似乎很生气，但实际上它正好满足了他的虚荣心。我们很快就摸透了对方，并且成了伙伴，因为真正交友我做不来，原因是，在两个朋友中总有一个是对方的奴隶，尽管两人谁也不承认这一点；我不能当奴隶，可在这种事上指派对方，也是个绞尽脑汁的苦差事，因为要这样做还需要使用欺诈手段；再说我仆人和金钱都有！你看我们是怎样成了伙伴的吧：我是在 S 城……里面，在万头攒动、人声鼎沸的许多年轻人中碰上魏尔纳的；黄昏就要结束了，谈话有了哲理性——玄学的倾向；谈的议题是信仰，因为每个人都各有所信，千差万别，无奇不有。

"至于谈到我，我只信一点……"大夫说。

"信什么？"我问，想摸清至今守口如瓶的人的看法。

"我相信，"他答道，"或迟或早，我会在一个美好的早上死去。"

"我的内容比您丰富，"我说，"除您说的外，我还有条信念，就是，我在一个极其糟糕的黄昏出生是一种不幸。"

所有的人都听得出，我们是在胡诌八扯，不过，真的，他们谁也没有说过比这更聪明一些的话。从这一刻起，我们在茫茫人海之中相互找到了知音。我们常常凑在一起，一本正经地谈论一些抽象的东西，直到双方发现我们是在相互捉弄对方为止。到时

---

① 靡非斯特，歌德代表作《浮士德》中的人物形象，是自信能把人引入歧途的魔鬼；天帝与他争论，浮士德与他赌赛，构成《浮士德》的主要线索。

候就像西塞罗①描述的古罗马占卜官那样，我们意味深长地相视刹那，仰天哈哈大笑起来，笑够了，各自东西，对自己度过的这个黄昏心满意足。

当魏尔纳走进我的房中时，我正躺在长沙发上，两手垫在后脑勺下瞪着大眼看天花板。他坐在安乐椅上，把手杖放到墙角，打了一声哈欠后，宣布院里热起来了。我答复说，苍蝇闹得我难以安宁，之后我俩便默默不语。

"当心呀，亲爱的大夫，"我说，"世上要是没有傻瓜，那就乏味透了……您看，这不嘛，我们两个就都是聪明人；我们事先知道，一切都可争论得没完没了，于是我们就不去争了；我们对对方内心深处的想法几乎知道得一清二楚；一句话，在我们眼中就是整整一部历史；我们可以透过厚达三层的外壳，看到我们每种情感的内核。我们视苦恼为可笑，视可笑为忧伤，一般说来，说句心里话，除我们自身以外，我们对什么都冷若冰霜。总之，在我们之间，感情、思想交流已不可能，因为我们中间，想知道的对方的一切都已经知晓，又无意知道更多的东西；剩下唯一的办法就是聊聊新闻。给我讲点什么新闻吧。"

长时间闲扯扯得精疲力竭，我闭上眼睛，打了一个哈欠……

他想了想，答道：

"您虽是废话一通，不过也有您的用心。"

———————————

① 西塞罗（前106—前43），罗马政治活动家、演说家和作家。据他说，占卜官们以鸟的飞行或动作占卜，他们自知是骗人的把戏，所以将罗马引入迷途后，他们见面时强忍着，以免笑出来。

"两种用心！"我回答说。

"请您告诉我一种用心，我自己来告诉您另一种。"

"好，您开始吧！"我说，两眼继续端详着天花板，心中却暗暗发笑。

"您知道一个来矿泉疗养者的一些详细情况，我也已经猜到您所关注的这个人是谁，因为那里①已问起过您了。"

"大夫，我俩绝对谈不起来：相互之间，心底那些事都洞若观火。"

"现在该另一种了……"

"另一种用心就是，我想逼您讲点什么：一是因为听人讲话没那么劳累；二是不至于说漏了嘴；第三，可以摸到别人的隐秘；第四是因为，像您这种聪明人，更喜欢的是听讲者，而不是演讲者。现在说正事吧：关于我，里戈夫斯卡娅公爵夫人对您讲了些什么？"

"您确信是公爵夫人，而不是公爵府上的郡主吗？……"

"坚信不疑。"

"为什么？"

"因为郡主打听的是葛鲁希尼茨基。"

"您具有很高的想象天赋。郡主说，她相信，这个穿兵士军大衣的年轻人是因决斗而降职的士兵。"

"但愿您能让她停留在这样一种愉悦的迷误之中……"

"当然喽。"

---

① 从上下文看，"那里"指的是公爵夫人家中。

"想解的死结有了！"我满怀喜悦地惊叹道，"我们要为解决这出喜剧的死结而手忙脚乱、坐卧不安了。显然是时来运转，不想让我过得百无聊赖。"

"我预感到，"大夫说，"可怜的葛鲁希尼茨基将是您的牺牲品。"

"往下说，大夫……"

"公爵夫人说，她熟悉您的面孔。我提醒她说，也许她在彼得堡上流社会的什么地方碰到过您……我说了您的名字……她已经知道您的名字了。看来，您的典故在那里已是沸沸扬扬了……公爵夫人讲起了您的种种逸事，对上流社会中的种种传闻显然加上了自己的看法……她的女儿听得津津有味。在她的想象中，您成了新式罗曼史的主人公……我没有反驳公爵夫人的话，尽管知道她说得很离谱。"

"不愧是朋友！"我向他伸过手去说。大夫满含深情地握了一下，继续说：

"如果您有意，我介绍您和……"

"且慢！"我双手击掌说，"难道有介绍罗曼史主人公的吗？他们无疑是在搭救自己心爱的人免遭磨难以逃脱杀身之祸中结识的……"

"难道您真的在追公爵府上的郡主吗？"

"相反，恰恰相反！……大夫，我终于可以扬扬自得了：您没有摸透我的心！不过，大夫，这使我痛心，"沉默一分来钟后我又接着说，"我从来不曾自己公开过我的隐秘，我酷爱它们由别人猜中，因为那样一来，如果需要，我就总可以抵赖。不过您应该给我描述描述那母女二人，她们是怎样的人呢？"

"第一，公爵夫人是个四十五岁的女人，"魏尔纳答道，"她有一副很好的胃口，但血液败坏了；两颊有些红斑。她的后半辈子是在莫斯科度过的，而且由于那里生活安逸而发福了。她喜欢听些销魂夺魄的笑话，女儿不在房内时，自己有时也讲些难以启齿的东西。她曾对我宣称，她的女儿清白得像只鸽子。这与我有何相干呢？……为了让她放心，我想回答她说，这事我对谁也不会说的！公爵夫人是要治风湿病，女儿天晓得治什么病。我嘱咐她俩每天喝两杯矿泉水，一周洗两次盐水泥浴。公爵夫人看来还不习惯于叮嘱女儿，因为她对读英文版拜伦作品和懂得代数学的女儿的智慧与知识怀有敬意：在莫斯科，看来各家小姐都已决心从学，而且学得很好，真的！我们的男人们总的来说是那么不讨人喜欢，与他们谈情说爱，对一个聪明伶俐的女人来说大概是不堪忍受的。公爵夫人十分喜爱年轻人，郡主看他们则有几分鄙夷：这是莫斯科风气！他们在莫斯科只有与打情骂俏的四十岁的女人交往的艳福。"

"可您也在莫斯科待过呀，大夫？"

"不错，我在那里有所实践。"

"说下去。"

"不过我好像全说了……对啦！还有，郡主好像喜爱谈论情感、欲望什么的，她在彼得堡待过一个冬天，所以不喜欢那座城市，尤其是社交界；大概是因为那里慢待她了。"

"您今天在她们那里谁也没看见吧？"

"相反；有一位副官，一位装束整齐的近卫军和一位新到此地的太太，公爵夫人的夫系亲属，一位花容月貌，不过看来重病在身的女人——您在井池边没碰上她吗？——她中等身材，淡黄头发，五官端正，脸上显出痨病患者的红潮，右颊上一块黑色的胎痣；她的面容以其富有表情而令我吃惊。"

"胎痣！"我含糊不清地嘟哝道，"果然是她？"

大夫看了我一眼，把手掌平放在我的心口，扬扬自得地说：

"您认识她！……"我的心脏确实比常人跳得厉害。

"现在轮到您得意了！"我说，"只是希望您不要出卖我。我还没有见过她，不过我相信，我从您的描述中看到了一个早先我曾经爱过的女人……关于我的情况对她一个字也不要提；如果她问起您的看法，您就臭骂我一通。"

"也好！"魏尔纳耸耸两肩说。

他走以后，一种可怕的悲愁挤压着我的心。是命运让我们在高加索重新遇合，还是她知道能碰见我，就特意赶到了这里？……我们会怎样见面呢？……不过，这是她吗？……我的预见从来都不曾欺骗过我。往事对我具有如此的权威，世界上再没有像我这样的人了。关于过去岁月里酸甜苦辣的种种回忆，令人难以忍受地、咣咚作响地撞击着我的心灵，接着又从心灵中引出同样的响声……我生就的死心眼儿：什么事也忘不了——无论什么事！

饭后六点来钟，我到了林荫道。那里聚了很多人；公爵夫人与郡主坐在长凳上，身边围了一圈年轻人，争先恐后地向她们献殷勤。我稍微离开一点，在另一条长凳上坐下来，拦住了两个认识的龙骑兵军官，开始给他们讲点什么东西；显然讲得很逗人，因为他们开始像疯了一样哈哈大笑。受好奇心的驱使，几个围在郡主身边的人也到了我那里；渐渐地，渐渐地，所有的人都丢下她，加入了我的那摊人里。我不住气地往下讲。我的那些笑话妙而又妙，玄而又玄，近乎荒谬；我对过路怪人那种嘲讽之恶毒，到了癫狂的程度……我继续逗得自己的听众开怀大笑，直到太阳西沉。有好几次，郡主在一个跛足老头儿陪同下，和母亲一起从我跟前走过；有几次，当她的目光落到我身上时，虽然装得若无其事，却仍然流露出了懊丧……

"他对你们讲了些什么？"当一些青年出于礼貌回到她跟前时，她这么问其中的一个人，"看来是个十分动人的故事——自己在拼杀中建树的功勋？……"她说这话时嗓门尽量加大，而且，看起来，存心要刺我。"啊哈！"我想，"您听了笑话窝火呀，我可爱的郡主；那您就等着吧，这种事还会有的！"

葛鲁希尼茨基像只狡猾的野兽紧随其后，不让她从眼皮底下溜掉。我敢打赌，明天他将求人把他引见给公爵夫人。她将欣然接待，因为她感到过得无聊。

5月16日

随后的两天里，我自己的事情发展变化得令人吃惊。郡主对我恨得咬牙；已经有两三句关于我的风凉话传到我的耳朵里，话说得尖酸刻薄，同时又显得相当抬举。令她惊讶万分的是，我，一个习惯于过优越生活的上等社会的人，一个与她彼得堡的堂姐堂妹、婶母伯母们十分亲近的人，却不用心与她结交。每天我们都在井池边、林荫路上相遇，我使用浑身解数，来吸引她的崇拜者，那些仪表非凡的副官、面色白皙的莫斯科人及别的人们，而且我几乎每每都能称心如意。我向来都恨自己的客人登门，现在我家却每天都高朋满座，正餐，晚餐，打牌——这样，别看我的香槟，比她勾人魂魄的眉眼儿的魅力还略胜一筹！

昨天我在切拉霍夫商店遇上了她；她正为一条奇美无比的波斯地毯讨价还价。郡主央告自己的好妈妈不要吝惜，这条地毯准会使她的书房玉室生辉的！……我额外多掏四十卢布，把地毯抢到了手里；为此她赏我一种目光，里面闪烁着令人拍手称快的疯狂。我吩咐把毯子搭在我那匹切尔克斯马的背上，午饭前后故意牵马走过她的窗前。魏尔纳这时正在她们住处，并对我说，这一场戏的效果是最富戏剧性的。郡主想鼓动起一支对付我的志愿兵；我甚至发现，有两名副官当着她的面同我寒暄时很不自在，却又天天都到我这里吃饭。

葛鲁希尼茨基摆出了让人纳闷的神态：两臂反剪背后，照直走，对在场的人谁也不理睬。他的一条腿突然变好了：他本是微微跛足的。他找准机会与公爵夫人攀谈起来，并向郡主说了些恭维话；她看来没有太挑剔，因为从那一刻起，她对他的点头哈腰已报以最为迷人的微笑了。

"你与里戈夫斯基一家坚决不肯相识吗？"晚上他问我。

"决不愿意。"

"请三思！矿泉区最让人感到愉快的一家人！整个当地最优秀的社交界都……"

"我的朋友，包括非当地的社交界，全都让我感到作呕。那么你是她们家的常客喽？"

"还没有；我同郡主说过两次话，而再死乞白赖造访，你知道的，就觉尴尬，虽说当地兴这种习俗……假若我佩戴长穗肩章，那又另说了……"

"哪会呢！你这样要有趣得多！只是你不善于利用自己的优势地位……在普天下所有多情小姐的眼里，兵士军大衣会把你变成英雄和受难者。"

葛鲁希尼茨基踌躇满志地笑了。

"简直是胡说！"

"我相信，"我继续说，"郡主肯定爱上你了。"

他的脸一下红到了耳根，并把嘴噘得高高的。

啊，虚荣心！你就是阿基米德^①想用以撬起地球的那根杠杆。

"你尽瞎说！"他假装生气地说，"首先，她对我还了解得这么少……"

"女人们就爱她们不了解的男子。"

"再说，我也完全没有讨她喜欢的非分之想，我只是想认识一下这户愉快的人家，假使我抱有一些什么盼头儿，那就太惹人见笑了……至于说，譬如你们，那就另当别论了！你们是来自彼得堡的风月高手：你们只要看一眼，女人们就会浑身瘫软的……毕巧林，你知道郡主提起你是怎么说的吗？"

"怎么？她已对你说起我啦？……"

"不过你别高兴。有一次在井池边，不知怎么跟她谈了起来；

---

① 阿基米德（前287—前212），古希腊学者，发现"杠杆定律"和"阿基米德定律"，在建筑与机械领域也颇有贡献。

刚三言两语，她就问：'这位先生是谁，沉重的目光如此令人不快？他曾和你一起，那天……'一想起当时讨人喜爱的行为疏忽失度，她满脸通红，不愿意点出哪一天。'您不必说出哪一天。'我回答她说，'那天将使我永世难忘……'我的朋友毕巧林呀！我不恭喜你，她想起你时心情糟透了……啊，真的，太遗憾了！因为梅丽长得非常可爱！……"

需要指出的是，葛鲁希尼茨基属于这样一号人，当他们谈起自己刚刚认识的女人时，假若有幸被他们相中，便会称她**我的梅丽，我的 Sophie**（苏菲）。

我的神情很严肃，回答他说：

"是呀，她长得不难看……不过当心点，葛鲁希尼茨基。俄罗斯小姐更为陶醉的是柏拉图式的不含结婚意思的精神恋爱；而这种精神恋爱却是最令人焦躁不安的爱情。郡主看来属于那一类女人，她们希望得到男人们的娇宠；假若她在你身边一连两分钟感到乏味，那么你就必死无疑。你的沉默理应激起她的好奇心，你与她之间交谈从来也不应使这种好奇心得到充分满足；你应该一分钟不停地给她以激情；她可以上十次地当着大庭广众，为了你而不顾别人怎么议论，然后把这称为牺牲，而为了使自己因此得到报偿，便开始折磨起你来，随后信口就是一句：我对你忍受不了了。如果你对她还不具威望，那么甚至她的第一次接吻便意味着取消了你第二次的权利；她同你在一起打情骂俏时尽情尽兴，可两年后她因为顺从母亲嫁了个有残疾的人，于是开始自慰自劝，说自己时乖命蹇，说她只爱过一个人，也就是你，然而苍天不肯成全她和你，因为你穿的是一件兵士军大衣，尽管在这件厚厚的灰色军大衣里面跳动着一颗火热而高尚的心……"

葛鲁希尼茨基朝桌上砸了一拳，开始在房间里前后踱起步来。

我心中哈哈大笑，甚至有两次喜形于色，但是他，幸好，没有发现。很明显，他处在热恋中，因为他变得比以前更轻信了；他甚至戴上了当地手工做的镶有乌银的银戒指：它使我起了疑心……我开始仔细打量，有什么可疑的呢？……梅丽的名字用小字刻在戒指的里侧，紧挨着刻的是她捡起那只妙不可言、情谊无限的杯子那天的日子。我掩藏了自己的发现；我不愿逼着他承认，我想让他本人把我选作自己的代理人——到了那时我会心花怒放的……

　　　…………

今天我起晚了；来到井池边，已是空无一人。天气热了起来；毛茸茸的白云团快速地从雪山跑开，预示着将有一场大雷雨；玛舒克山头冒着青烟，宛若一把熄灭的火炬；在它的周围，保持着自己的流向，似乎又被山上的荆棘林牵牵挂挂的片片碎云，如同一条条蛇，蜿蜒离去。空气中充满了电。我深深钻进通向山洞的葡萄藤架的长廊中；自感心中悲戚。我在考虑大夫跟我说起的那位颊带胎痣的年轻女人……她来这里干什么？再说，这是她吗？为什么我就认为这是她呢？为什么我甚至对这如此笃信不疑呢？脸颊长痣的女人少吗？就这样思前想后，我来到了山洞跟前。我看见在山洞拱形洞门的阴凉里，一个头戴草帽、身裹黑色披肩的女人，头垂胸前，坐在一条石凳上；草帽遮住了她的面庞。我本想回身离去，不惊破她的梦幻，这时她朝我看了一眼。

"维拉！"我情不自禁地大喊一声。

她打了一个寒战，面色变得苍白。

"我知道您在这里。"她说。我在她身边坐下并拉住她的手。听到这个可爱的说话声时，久已淡漠的神魂激荡一下传遍了我周身的条条血管；她那双深沉而安静的眼睛对着我的两眼看了一下，里面反映出疑虑和类似责备的神情。

"我们好久没见了。"我说。

"好久了，而且我们双方都已经非同往日！"

"这就是说，你已不爱我了？……"

"我结婚了！……"她说。

"又是结婚了？不过几年前这个原因是同样存在的，但是同时……"

她从我的手中抽出自己的手，两颊同时涨得通红。

"你爱不爱自己的第二个丈夫？……"

她未作回答，背过身去。

"他也许是个大醋缸？"

一阵沉默。

"怎么啦？他年轻、漂亮，特别是他也许腰缠万贯，所以你害怕……"我看了她一眼，心里就发毛了；她的面容反映出深深的绝望，两眼闪烁着泪花。

"告诉我，"最后她低声说，"折磨我，你是否十分开心？我本当恨你的。从我们认识的时候起，除了痛苦以外你什么也没有给过我……"她的声音颤抖起来，她朝我弯下身去，把头靠在我的胸膛上。

"也许，"我想，"你正因为如此才爱我呢：欣喜的心情会淡忘，伤感却从来都不会……"

我把她紧紧抱在怀里，就这样我们待了很久。最后我们的双唇凑近了，并交合成热烈的、醉人的亲吻；她的两只手冷得如同冰块，脑袋却很烫。我们之间的交谈就在这时开始了，这类交谈写出来没有意思，不可重复，不可记忆，像在意大利歌剧中一样，是声响的意义替代并填补了词语的意义。

她绝不想让我认识她的丈夫——我在林荫道上匆匆见过一眼的那个踱步老头子。她嫁给他是为了儿子。他很富有，患着风湿病。我不敢对他有任何嘲讽：她像尊敬父亲一样尊敬他，但作为丈夫她将欺骗他……一般说，人心是个奇怪的东西，而女人的心则更是难以捉摸！

维拉的丈夫，谢苗·瓦西里耶维奇·格夫是里戈夫斯卡娅的远亲，与她家住得很近；维拉常在公爵夫人家里；为了分散周围人们对她的注意，我答应结识里戈夫斯基一家，并向郡主求爱。这样，我的盘算一点也不会落空，所以我会欣喜若狂的……

欣喜若狂！……是的，我已经迈过了一味寻找幸福、心里感到迫切需要强烈地和心急火燎地爱某个人这样的精神生活阶段，现在我只想受到别人的爱，即便这种爱，也是少许即可；我甚至觉得，只要有一种对我经久的依恋也就足够了：一种多么可怜的内心积习呀！……

有一点，我总百思不得其解：我从没有做过自己所爱的女人的奴隶；相反，虽然完全不曾用心，却总能获致她们的意志和心灵不可战胜的威严。这是怎么回事呢？是不是因为无论任何时候，无论什么东西我都不放在心上，而她们却时时刻刻都害怕让我从她们手上跑掉呢？或者这是一种强壮机体的磁铁效应？或者仅仅因为我没碰上意志刚强的女人？

应当承认，我不爱的恰恰就是有个性的女人：这能怪她们吗？……

诚然，现在想起来了：有一次，仅仅一次，我爱过一个我始终未能降伏的意志刚强的女人……我们分手时成了仇敌，就那，假若我是五年后碰上她，我们的分手也许会是另一番景象的……

维拉病着，病得很重，尽管对此她还不承认；但愿她得的不是肺病，或是称作 fièvre lente[①] 的那种病——这根本不是俄罗斯人患的那种病，所以我们的语言中也没有这个病名。

我们在山洞里时正赶上大暴雨，所以在里面多待了半个钟头。她没有逼我起誓永不变心，没有问我们分手后我是否爱过别的女人……她还怀着以前那种以为万无一失的心情信任我，不过我也不会欺骗她的：她是世界上唯一我所瞒哄不住的女人。我知道我们很快又会别离，而且也许是永别。我俩将沿着各自不同的道路步入棺材，但是对她的回忆将原封不动地留在我的心中；这一点我总一而再，再而三地向她重复，而且她对此也相信，尽管心口不一。

我们终于分手了；我在她的身后久久注目相送，直到她的坤帽消失在灌木丛和山岩的背后。我的心就像头一次别离时那样，病态地缩成一团。啊，这样一种情感让我多么高兴呀！是不是青春年华伴随着它陶冶情怀的风暴又要回到我的身边了，抑或仅仅是她别离的目光——最后的礼物——给我留下的念头儿？……真

———————————

① 法语，意为：低烧。

是贻笑大方，我竟认为，看外貌自己还是一个少年郎：脸色尽管苍白，但还娇嫩；四肢灵便而且匀称；浓密的发绺卷曲盘旋；双目炯炯发亮；浑身热血沸腾……

回家的路上，我跨上马向草原飞驰；我喜爱骑着烈性马，迎着旷野的风，在深深的草丛中驰骋；我贪婪地吞咽着芳香的空气，极目远望蔚蓝的远方，用力捕捉着前方万物模模糊糊的轮廓，它们渐渐变得清晰可见。即便天大的悲伤横在心上，即便燃眉之急折磨得脑崩头裂，顷刻之间都会烟消云散；心头将如释重负，肢体的困乏将战胜内心的惊恐。看到万木蔚然的山峦披上了南方太阳的七彩光芒，看到湛蓝湛蓝的天空，或是谛听从这处悬崖跌向那处悬崖的巨流喧豗，没有任何一个女人的目光是不可忘怀的。

我想，那些身在自己塔楼打着哈欠、无事闲望的哥萨克们，看到我既无所求又漫无目标地驰马东奔西突，定会为这个难解之谜而久久纳闷，因为按穿戴装束，他们大概会把我当作切尔克斯人。实际上，人们说，我骑马穿着切尔克斯人的服装，比很多卡巴尔达人更像卡巴尔达人。至于说穿上这身贵族式的戎装，我完全像个花花公子，这话倒是丝毫不错的：制服上哪条饰带都不显多余；用于普通服饰的兵器是宝贵的；帽子上的毛不太长也不太短；裤腿和高跟靴配得恰到好处；紧身外衣是白色的，束腰无领袍是深棕色的。我曾久久习练山地骑术，无论什么荣耀，都不如认定我的骑马技艺为高加索流派那样满足我的虚荣心。我手头有四匹马，一匹自己骑，三匹给朋友，以免独自一人在野外骑马时孤苦无聊。他们来牵马时很满意，然而从未和我一块儿骑过。

当我想到该吃午饭时，已是下午六点钟了；我的马累得疲惫不堪；我来到皮亚季尔斯克通往德国人侨居地的大道上[①]，来矿泉疗养的人们常到他们那里去 en pique-nique[②]。大道在丛林中绕来绕去，落入一些不大的山谷中，里面一些喧闹的小溪在深草的阴影里川流不息；别什图山、兹梅纳亚山、热列兹纳亚山和雷萨山这些青色的庞然大物半圆形罗列在四周。当地话把山谷叫**山沟**，下到这样一条山沟里，我停下来饮马；这时路上出现了一溜叫叫嚷嚷、熠熠生辉的马队：有穿黑色或淡蓝色衣裳的太太，有身穿制服的男伴们，组成了切尔克斯式服装与下诺夫戈罗德式服装的混合装[③]。葛鲁希尼茨基与郡主梅丽的两匹马并辔而行，走在他们的前面。

矿泉疗养区的太太们，还相信切尔克斯人会在大白天来袭击这里，也许因为这样，葛鲁希尼茨基才在军大衣外面佩带着战刀，插着两把手枪。他这身雄赳赳的穿戴打扮，足可让人捧腹大笑。深深的灌木丛堵在我和他们之间，但是透过树叶的间隙我仍能看见他们，而且根据他们的面部表情，可以看出他们的交谈十分感伤。最后，他们到了斜坡的跟前；葛鲁希尼茨基拉过郡主那匹马的缰绳，这时我听见了他们谈话的结尾：

---

① 德国人的侨居地（卡拉斯、苏格兰德卡）位于通往皮亚季尔斯克的道路上，距热列兹诺沃茨克八公里。最早是苏格兰传教士住地，后被德国人挤占。莱蒙托夫 1841 年 7 月 15 日赴决斗场地时，曾在这里停留。

② 法语，意为：野餐。

③ 格里鲍耶陀夫（1795—1829）的《聪明误》的台词中有："还盛行着混合语：法语与下诺夫戈罗德语。"

"您一生都愿留在高加索吗？"郡主说。

"俄罗斯对我算得了什么？"男伴答道，"在那一国度有数千人因为比我富，就以鄙视的目光把我视若草芥，所以怎比得上这里呢？在这里，这件厚厚的军士大衣也没有妨碍和您相识……"

"反而使我们……"郡主满面绯红地说。

葛鲁希尼茨基志得意满，春风满面。他接着又说：

"在这里，我的年华若江水奔流，在野蛮人的弹雨下呼啸喧嚷，不知不觉地匆匆流逝，假若上苍每年都能赐我一次灿若金辉的女人的青睐该多好啊，哪怕仅仅一次，就像……"

说话间他们赶到了我跟前；我朝马背上狠抽一鞭，冲出了灌木林……

"Mon Dieu, un Circassien！……"① 郡主恐怖地惊叫道。

为了使她大彻大悟，我轻轻欠一下身子，用法语答道：

"Ne craignez rien, madame, —je ne suis pas plus dangereux que votre cavalier." ②

她害臊了，但是害的什么臊呢？是因为自己看错人了，还是我的回答她觉得太莽撞了？但愿我后一种推测合情合理。葛鲁希尼茨基朝我投过心怀不满的目光。

黄昏已深，换言之，已是十一点钟光景，我来到林荫道上的椴树荫下散步。城市正在沉睡，只有几家窗户闪烁着灯火。玛舒克山的巅峰之上，横着一团来意不善的乌云，山的支脉，悬崖峭

---

① 法语，意为：我的天，切尔克斯人！……

② 法语，意为：别害怕，小姐——我不比您的男伴更可怕。

壁的高梁，黑压压地从三个方面呈现出来；月亮在东方升起；雪山像白银制作的流苏一样，在远方闪闪发光。哨兵的喝令与夜间流泻的温泉的喧闹声交织在一起。有时候沿街响起了清脆的马蹄声。我在长凳上坐下，陷入了沉思……我感到必须在友好的交谈中吐露自己的心声……可是跟谁谈呢？……"维拉现在在干什么呢？"我想……此时此刻若能握住她的手，我会不惜任何代价的。

忽然听到一阵急促而不均匀的脚步声……这大概是葛鲁希尼茨基……果然不出所料……

"从哪儿来？"

"从里戈夫斯卡娅公爵夫人那里，"他说得非常庄重自持，"梅丽的歌唱得真好听！……"

"你知道吗？"我对他说，"我敢打赌，她不知道你是个士官生；她把你当成了受贬的大官……"

"也许是那样！这关我什么事呢！……"他满不在乎地说。

"不关你的事，我不过这么说说……"

"可你知不知道今天你都要把她气炸了？她把这看作是一生都不曾见过的鲁莽行为。我极力劝她说，你富有教养，知书达理，不会有意羞辱她的。她说，你的目光蛮横无理，你也许自以为老子天下第一。"

"她说得不错……你这是不是要替她辩护呀？"

"可惜我还没有这个权利……"

"噢，噢！"我想，"看来这份心，他还是有的……"

"不过你比我更惨，"葛鲁希尼茨基接着说，"现在你难以和她们一家结交了，可惜呀可惜！这是我刚刚认识的人家中最令人愉快的一家……"

我心中暗自发笑。

"现在我感到最愉快的是我自己的家。"我说，并打着哈欠起身要走。

"那你是否得承认，你心里后悔了呢？……"

"简直是一派胡言！只要我想去，明天晚上就会成为公爵夫人的座上客……"

"那咱们瞧瞧吧……"

"为了使你如意，我甚至会向郡主献爱心……"

"也行，那要她愿意理睬你才行……"

"我就单等你的谈话使她满心腻味的那一刻了……再会！……"

"我要出去遛遛了——现在我无论如何都睡不着了……听我说，咱们最好到饭店去，那里在赌牌……现在我需要强烈的刺激……"

"愿你赌输……"

我回家了。

5月21日

过了将近一个礼拜，可我仍旧没有结识里戈夫斯基一家。我在等待良机。葛鲁希尼茨基像个影子一样，处处都紧追郡主身边。他们的交谈没完没了。他什么时候才使她腻烦呢？……母亲并不把这放在心上，因为他**不是未婚夫那块料**。你瞧瞧母亲们这逻辑！含情脉脉的眉来眼去我发现了两三次——该让他们到此止步了。

昨天维拉头一次来到井池边……我们在山洞见面以后她还从没出过门。我们在同一时刻把杯子伸进矿泉井池中，弯下腰去时，她悄声对我说：

"你不想结识里戈夫斯基一家吗？……我们只有在那里才能相见……"

这显然是在责备我！……真没意思！不过我也是咎由自取……

顺便说一下：明天饭店大厅里有募捐舞会，届时我要与郡主跳玛祖卡舞。

5月22日

饭店的大厅成了贵族俱乐部。九点时分宾朋全到。公爵夫人携千金在最后一拨儿来宾中间出现；许多太太心存妒忌，不怀好意地看了她们一眼，因为梅丽郡主穿得十分雅致。那些以当地贵族自居的人，按下妒忌心，凑到她的身边。怎么回事？哪里有妇女界，哪里就有最高贵的阶层和最低贱的阶层。葛鲁希尼茨基把脸贴在窗玻璃上，站在窗前的人群中，目不转睛地望着自己的女神；她走过他的面前时，似有若无地朝他微微点了一下头。他容光焕发，如同旭日朝晖……跳舞从波兰舞开始，然后奏起了华尔兹。响起了脚下的马刺，飘起了礼服的后摆，并开始在场内旋转。

我站在一位乞灵于玫瑰红羽毛给自己增色遮丑的胖太太的身

后；她那身连衣裙的蓬起使人想起箍骨裙的时代[①]。而那粗糙不平的皮肤上的斑斑块块，则使人想起用黑色的塔夫绸做小假痣的幸福岁月。脖子上那颗最大的瘊子，则用带环扣的宝石项圈加以掩饰。她对自己的男伴龙骑兵上尉说：

"这个里戈夫斯卡娅郡主简直是个目空一切的疯丫头！您看看，撞了我一下也不道歉，还转过身来戴着长柄眼镜看了我一眼……C'est impayable……[②] 她有什么可傲气的？这种人就欠训……"

"不能这么便宜她！"曲意奉承的上尉说完走进另一个房间。

我立即走到郡主跟前，利用当地可以自由与素不相识的太太跳舞的风俗，邀请她跳华尔兹舞。

她竭力忍着，才未喜形于色，未使自己的庆幸心情溢于言表；然而她一转眼就摆出了冷漠，甚至是威严的神态。她漫不经心地把手放在我的肩上，头往一侧微微一偏，我们就跳起舞来。我没见过比她更让人神摇意夺、更柔韧灵活的腰身！她那清新宜人的气息吹拂我的脸面；在华尔兹舞旋风中，时而离群索居散落下来的一绺卷发，滑过了我发烫的面颊……我跳了三轮。（她的华尔兹跳得好极了。）她气喘吁吁，两只眼睛迷迷糊糊，半开半合的双唇费尽九牛二虎之力，勉强耳语着非说不可的那句话："Merci, monsieur." [③]

---

① 箍骨裙，也叫钟式裙，在 19 世纪，人们用细骨架将裙子撑起，也可以把毛发制的厚裙衬在里面。

② 法语，意为：真是滑天下之大稽……

③ 法语，意为：谢谢，先生。

几分钟的沉默后，我装出一副最恭顺的姿态，对她说：

"我听说，郡主，尽管您对我还一无所知，可我已经不幸失宠于您……说是您已把我看作一个莽撞汉了……莫非果真如此？"

"这么说您现在是要我来确认这种看法啦？"她做了一个嘲讽的眉眼说，不过，这眉眼与她那张表情丰富的面孔倒是很相宜的。

"假若我曾莽莽撞撞，对您有所失敬，那就允许我更为莽撞地请求您的宽恕……不过，说实话，我急切地盼望着有幸向您证实，关于我，您是想错了……"

"这您可是难上难……"

"那为什么呢？"

"因为您平时不到我家来，而这种舞会想必也不会经常举办。"

"这就是说，"我心里想，"她家的大门对我是关死了。"

"您知道吗，郡主？"我带有几分懊丧地说，"任何时候都不应该抛弃幡然悔悟的罪犯：绝望之中他会变得加倍地罪孽深重……到了那时……"

我们周围的放声大笑和窃窃私语，迫使我转过身去并中断了自己的话。离我几步远的地方，站着一小群男人，而他们之中就有显示出对楚楚动人的郡主心怀敌意的龙骑兵上尉；他不知为什么特别得意，搓着两手，哈哈大笑着，并和自己的伙伴们相互挤眉弄眼。忽然，他们那一伙儿中走出一位老爷，身穿燕尾服，留着长胡子，一张通红通红的醉脸，步子踉跄，直朝郡主走来：这是一个醉汉。他在不知所措的郡主面前停下来，两臂交叉在背后，用一双混浊灰暗的眼睛死死盯着郡主，声嘶力竭地说：

"彼尔梅捷 ①……嗨，这是何苦呢！我不过是邀您跳轮玛祖卡……"

"您要干什么？"她向四周投过央求的目光，声音颤颤抖抖地说。有什么用呢！她母亲离这里很远，身边又一个认识的男伴也没有；仅有一名副官似乎把这一切都看到眼里了，却躲在人群后面，唯恐牵连进这场风波之中。

"怎么回事呀？"醉醺醺的老爷朝着给他频使眼色、火上浇油的龙骑兵上尉眨了眨眼，对郡主说，"您还有什么不如意呢？……我这可是再次荣幸地邀您pour mazure ② 了……您也许以为我喝醉了吧？这没关系！……这会自由得多，我会让您相信……"

我看到，她因为害怕和气愤都要昏倒了。

我走到醉醺醺的老爷跟前，使足劲紧紧抓住他的胳膊，朝他眼睛盯了一眼后，请他走开——因为，我补充说，郡主早已答应和我一起跳玛祖卡了。

"好吧，毫无办法！……下次吧！"他笑嘻嘻地说道，随后离开这里回到自己那些脸上无光的伙伴身边，他们立即把他扶到另一个房间去了。

我得到的报偿是深情的、妩媚的目光。

郡主走到她母亲身边，把发生的一切全都一五一十告诉了她；她母亲在人群中找到了我，向我表示谢意。她对我说，她认识家母，而且和我六位伯母婶母都很要好。

---

① 打搅了（这是法语 permettez 的俄语拼读）。

② 法语，意为：跳玛祖卡舞。

"弄不清怎么回事，我们至今和您还不相识，"她补充说，"您得承认，这都全怪您一个人了，您那么怯生，拘谨得要命。但愿我客厅中的空气能驱散您的郁闷……不是吗？"

我对她说了句在这种场合下任何人都摆在嘴边的话。

卡德里尔舞曲时间拖得长得要命。

终于从霍拉舞曲转为玛祖卡，我和郡主又跳了起来。

无论是那位醉汉老爷，还是我以前的表现，以及葛鲁希尼茨基，我一次也没有提及。那个不愉快的场面留给她的印象，慢慢地、慢慢地烟消云散了；她的容貌显得光彩照人；她很少开玩笑；她的话锋非常犀利，谈话没有拖泥带水的过场，开口就很尖锐，谈得生动活泼，无拘无束；她的见解有时很深刻……我把话说得颠三倒四，前言不搭后语，让她感到我早就喜欢上她了。她垂下头去，脸上泛起一阵红晕。

"您真是个怪人！"我接着说，"因为您被厚厚一层崇拜者包围着，我担心会无声无息地埋没其中。"

"您这是无故怵场！他们全是些无聊之徒……"

"全是！难道全都是吗？"

她盯住我看了一眼，搜肠刮肚地回想着什么，然后脸上又是淡淡一抹红晕，最后斩钉截铁地说："全都是！"

"连我的朋友葛鲁希尼茨基也是？"

"不过，他是您的朋友吗？"她略表怀疑地说。

"是的。"

"他当然不能列入无聊之辈……"

"但是可以列入失意之辈。"我笑着说。

"当然啦！您感到好笑吗？我看最好是您来处在他的位置上……"

"那有什么？过去我本人也曾当过士官生，而且，真的，那还是我一生中最美好的一段光阴呢！"

"难道他是个士官生？……"她快言快语地说，然后添了一句，"我还以为他是……"

"您以为什么？"

"没什么！……这位太太是谁？"

于是转换了话题，此后再没回到这个话题上。

玛祖卡舞就这样结束了，我们相互告别，互道再见。太太们各自回府……我去吃晚餐，碰上了魏尔纳。

"啊哈！"他说，"原来如此呀！您还想沿用借救郡主于九死一生之中来结识她而不独辟蹊径。"

"我这一招更绝，"我回答他说，"我是在舞会上救她于晕倒之时！"

"怎么会有这种事？讲一讲！……"

"不讲了，您就猜吧——您可是对世间万物都能掐会算的神算子啊！"

5月23日

晚七点前后，我在林荫道上散步。葛鲁希尼茨基在远处看见了我，就到了我跟前；他的眼睛中闪烁着一种令人好笑的狂躁。他用力握了一下我的手，用悲凉凄切的声音说：

"谢谢你了，毕巧林……你理解这话的意思吗？"

"不理解，但是无论什么地方都不值一谢。"我回答说，因为良心上不记得自己有任何恩德善行。

"怎么？昨天呢？你莫非忘了不成？……梅丽把一切全都对我和盘托出了……"

"怎么啦？难道你们之间一切都不分彼此、合二而一了？包括谢忱也是共同的？……"

"你听我说，"葛鲁希尼茨基一本正经地说，"如果你还想做我的朋友，那就别拿我的爱情寻开心……你看到了，我爱她爱得发疯……而且我认为，我希望，她也这样爱我……我对你有个请求：你今晚将到她家去，答应对我多加指点吧。我知道，在情场这类事上你是老手，你比我更懂得女人……女人！女人！谁能摸透她们的心呢？她们脸上的笑容与内心的想法两相矛盾，她们说出的话一诺千金，诱你亲近，但嗓音却又能拒人于千里之外……有时不出一分钟，就会理解和猜透我们埋藏最深的心事，有时却连你最明白无误的暗示也看不出来……这不，连郡主也在其列：昨天她还两眼发亮，情热似火，目不转睛地看着我，今天却双目暗淡无光，冷若冰霜……"

"这也许是矿泉作用的结果。"我回答说。

"什么东西你都找它坏的一面①……物质主义者！"他鄙夷地补充了一句，"不过我们会改变物质的。"说罢，因为满足于这一拙劣的双关语而开怀大笑。

---

① 这里指矿泉"坏的一面"，表示对毕巧林解释的否定。

八点多，我们一起去见公爵夫人。

路经维拉窗下时，我看到她正待在窗前。我们相互匆匆瞟了一眼。她紧随我们进了里戈夫斯基家的客厅。公爵夫人拿她当自己的亲眷，把我介绍给她。大家喝茶，高朋满座，交谈平淡无奇。我竭力取悦公爵夫人，谈笑逗趣，有几次使她不由得开怀大笑。郡主有几次要捧腹大笑，但她强忍着，以免有失自己招人喜爱的风度：她感到，娇慵疏懒更适合于她，而且，也许她的感知没错，葛鲁希尼茨基看来非常高兴，因为我的欣喜并未使她受到感染。

喝过茶，我们全都去了小客厅。

"你对我的言听计从感到高兴吗，维拉？"经过她身旁时我问道。

她给我递了个眼色，里面满含着钟爱与谢忱。我对这种眼神已经习惯了，不过当初它曾经给我带来极大的欢乐。公爵夫人让女儿坐在了钢琴前；大家都请她唱段什么，我却沉默不语，而且趁厅内忙乱无序，与维拉抽身到了窗下，她要告诉我一件对我俩都至关重要的事……—听，也只是些闲言碎语……

当时我的冷漠伤了郡主的心，仅从她怒气冲冲、闪闪发亮的目光我就可以猜到这一点……啊，我能惊人地理会这一席内涵丰富、简短有力的哑语！……

她唱了起来，她的声音不错，可是歌唱得很糟……不过，我也没听。然而葛鲁希尼茨基却两肘支在钢琴上，与她面对面，两只眼睛简直要把她吞下肚去，并一直不停地可着嗓子叫好：

"Charmant! délicieux!" [①]

　　"你听我说，"维拉对我说，"我不想让你认识我的丈夫，但你一定得讨公爵夫人的喜欢；这对你来说毫不费力：你可以办到你想办的一切。我们将只能在这里相见……"

　　"只能在这里？……"

　　她脸涨得通红，继续说道：

　　"你知道，我是你的奴隶；我任何时候都不会违背你的心愿……而我却因此要受到惩罚：你会把我甩掉！至少我想保全自己的名声……不是为我自己：这一点你心明如镜！……啊呀，我求求你，别像以前那样，用空口无凭的怀疑和假装出来的怠慢来折磨我。我也许很快就要死了，我感到，自己的身子一天比一天虚弱……可虽说如此，我却不能考虑来生，我一心一意地想着你……你们男人不理解青睐、握手的甜蜜……可是我，敢向你发誓，我，每当谛听你的话声，就体会到一种深情的、奇妙的欢快，致使最热烈的亲吻也都替代不了它。"

　　这时郡主停下不唱了。她的周围响起一片称赞的絮语；我最后一个走到她身边，对她的歌声说了句纯粹是有口无心的应景话。

　　她做了个怪相，下唇一撇，带着一副冷嘲热讽的神态坐了下来。

　　"您根本就没听我唱，"她说，"这反倒使我更感自己身价百倍；也许您不爱音乐吧？……"

　　"恰恰相反……尤其饭后更爱听。"

---

　　① 法语，意为：令人陶醉！妙不可言！

"葛鲁希尼茨基可谓一语中的，说是您的欣赏口味要首推实惠……所以，我看穿了，您是出于美食才喜爱音乐……"

"您又错了，我根本就不是美食家，我的胃口糟透了。但是午饭后音乐可以催眠，而饭后睡眠又有益于健康；如此说来，我倒是出于疗效才喜爱音乐的。不过晚上却恰恰相反，它会过分刺激我的神经，使我或者忧伤过度，或者欢乐失常。如果是无缘无故，那么或悲或喜，都会让人心生倦怠，更何况愁眉苦脸，在社交场合会惹人见笑，而纵情欢乐却又有伤大雅呢……"

她话没听完，就扬长而去，坐到了葛鲁希尼茨基身边，于是两人开始了一席难以名状的情话：尽管她极力装出自己是在全神贯注听他讲话的样子，但是对他那些妙趣横生的言谈，郡主的回答看来是离题千里，答非所问，因为他有时颇为惊奇地看着她，竭力猜测她时而在忐忑不安的眼神中展现出来的内心波动的缘由……

不过我已识破您的意愿，可爱的郡主，您就多保重吧！您想对我以眼还眼，以牙还牙，刺伤我的自尊心，您不会如愿以偿的！假如您对我宣战，我将是冷酷无情的。

在晚上随后的时间里，有几次我故意地使劲加入他们的交谈，但她对我的看法十分冷漠，于是我就佯装懊丧，终于离开那里。郡主扬扬自得，葛鲁希尼茨基也同样志得意满。让你们弹冠相庆吧，我的朋友们，要手脚麻利些呀，你们喜庆的好景不会很长的！……何以见得？我心中自有预感……与女人打交道，我向来都能准确无误地摸透她的心思，她会爱我还是不会爱我……

晚上剩余的时间我是在维拉身边度过的，而且对于前事前情我们尽情尽兴，谈得淋漓尽致……她为什么会如此爱我，老实说，我不知道！况且这是唯一对我了如指掌的一个女人，包括我的不足挂齿的瑕疵，一些品行不端的恶习……莫非恶行如此的诱人不成？……

我同葛鲁希尼茨基一同走了出来；在街上他拉住了我的手，久久地相对无言后，他说：

"喏，如何？"

"你活活一个笨蛋。"我想这么回答他，但是话到嘴边忍住了，只是耸耸双肩。

5 月 29 日

所有这些天中我的行为方式都一成不变。郡主开始喜欢我的言谈了；我讲了自己生活中的一些奇遇，她就把我看成了一个了不起的人。我嘲笑人世间的万事万物，尤其是感情这类东西，这使她害怕起来。她不敢当着我的面与葛鲁希尼茨基陷入缠绵悱恻的打情骂俏之中，而且已有几次对他的越轨举止报以冷笑，但是，每一次，只要葛鲁希尼茨基走近她，我都谦恭礼让，而且又留下他们两人在一起；第一次，她还很喜欢，不然就是表面如此；第二次，她生了我的气；第三次，则是生葛鲁希尼茨基的气。

"您太缺乏自尊心了！"她昨天对我说，"您凭什么认为我与葛鲁希尼茨基待在一起会更开心呢？"

我回答说，我这是以牺牲自己的快慰来成全朋友的幸福……

"也牺牲我的快慰。"她补充说。

我直盯盯地看了她一眼，拿出严肃认真的神色。随后整整一天一句话也没跟她说……晚上，她陷入沉思，今天早上在井池边显得更加心事重重。我走到她跟前时，她正六神无主，心不在焉地听着葛鲁希尼茨基谈天说地。此公看来正在赞叹大自然，然而一看见我，她便仰天大笑（笑得非常不是地方），显示出根本就没有看见我。我离得远一些，开始偷偷地对她察言观色：她转身背对自己的交谈者，一连打了两个哈欠……绝对没错，葛鲁希尼茨基让她腻味了。以后的两天，我仍然不会跟她说话的。

6月3日

我常常问自己，对于一个无意诱惑又永世不会娶她为妻的年轻女孩子，我何必如此死心塌地、执迷不悟地追求她的爱情呢？何苦要卖弄女人们的这种风情呢？维拉爱我，胜过梅丽郡主有朝一日将会对我怀有的那种爱；假若她是个让我难以得手的国色天香，那我也许会迷醉于事情的艰难竭蹶、回天无力之中……

然而事情得手却是如此不费吹灰之力！可见这并不是令人坐卧不宁、茶饭不思地追求的那种爱情，那样的爱情追求在我们青春的最初岁月里曾苦苦地折腾我们，把我们从一个女人身边抛到另一个女人身边，直至找到我们不堪容忍的那个女人为止；因为那时才会开始我们的始终不渝、我们的百折不挠——货真价实的无穷无尽的激情，它可借用数学中由一点引向空中的射线加以表达；这种无穷无尽的秘密，仅在于它无法达到目的，即无法到达终点。

我为什么心慌意乱、坐立不安了呢？是看到葛鲁希尼茨基眼红了？可怜虫一个！他根本不值得我眼红。或者是一种灵魂肮脏，却又无法克制的心情在作祟？这种心情能够促使我们毁掉亲人甜蜜的迷幻，只是为了一种微不足道的惬意——当亲人绝望中问他该相信什么时，可以惬意地对他说上一句："我的朋友，我也曾有类似的遭际，可你看我，又是午饭大口吃，又是晚饭大口嚼，大觉睡得无忧无虑，而且盼着能没有哭叫、没有眼泪地死去！"

　　要知道，占有一个年轻的、初发芙蓉般的美人儿，那简直是一种不可名状的享受！她就像迎着第一缕阳光，将最令人销魂的芳香初撒人间的花朵儿一般；应该在这时将它采下，闻个足够之后，把它扔在大路上，说不定有谁会把它捡起来呢！我感到自己怀有鲸吞路途所遇万物的那种欲壑难填的贪婪；我观察别人的苦乐，仅仅是出于一己之私，把它们看作维系我精神力量的食粮。我自己再也不能听凭激情，感情用事，忘乎所以；我的虚荣心已为环境所遏制，但是它却以另外一种形式出现，因为虚荣心和权势欲没有什么不同，而我最大的满足——迫使周围万物唯我的马首是瞻，激起对我钟爱、忠诚、惧怕的感情——不正是权势的最重要的象征与最大的胜利吗？没有任何站得住脚的理由，却成了某一个人痛苦与欢乐的根由——这还不是供给我们骄傲自大的最甜美的食品吗？而幸福又是什么？是至高无上，老子天下第一。假若我认为我比普天下所有的人都优越，都强大，那我就是幸福的；假若人们热爱我，那我就会在自身找到取之不尽的为人热爱的根源。遭罪演化出罪恶；初尝痛苦，使人领悟到折磨别人的满足；一个人，如果他不想将恶念付诸行动，这个恶念在他头脑中就不可能萌生：意念，是有机物，有人曾经说过：它们的产生就已经赋予它们以形式，而这种形式就是行动；谁头脑中产生念头多，他的行动也比别人多；那些终生沉溺于登科做官的天才，就该死于宦海或因此而发疯，这正像体魄健壮的一个人，因为一直坐着疏于活动而死于脑溢血一样。

情欲并非别的什么，而是发育早期的意念。它是心理年轻的附属物，所以如果谁以为一生一世都会因它而心潮激荡，那他就是一个笨蛋。许多悠然自得的河流都起于喧豗呼啸的山间瀑布，却没有一条河流浪涛翻滚、水花飞溅地直达大海。但是这种悠然自得常常是伟大的，尽管是隐蔽的力量的征表；感情与想法的丰富与深邃，不会有许多疯狂的突然发作。心灵在忍耐苦难和享受愉悦时，对天下的万事万物都有清清楚楚的认识，而且确信本该如此安排；它知道，假若天地间没有大雷雨，太阳持久的酷热就会使它干瘪如柴。它常常体会着自己的生命力，像对一个自己喜爱的婴儿一样，爱抚和惩戒自己。一个人只有自我意识处于这种高级状态下，他才能够评估上天的裁决。

翻来覆去地看这一页，我发现自己离题千里了……不过这有什么呢？……要知道这束札记我是写给自己的，所以，顺理成章的是，我塞到里面的一切，随着斗转星移，都会成为我价值连城的回忆。

············

葛鲁希尼茨基走过来，一跳吊在我的脖子上——他提升为军官了。我们喝了香槟酒。魏尔纳大夫继他之后也进来了。

"我不向您恭贺。"他对葛鲁希尼茨基说。

"为什么呢？"

"因为这身兵士军大衣您穿着非常合适，而且您得承认，当地，矿泉疗养区，缝制的步兵军人制服不会赋予您任何趣味……您想到了吗？直到现在您一直都是一个例外，但现在您可要随俗了。"

"评吧，评吧，大夫！您不会有碍我的喜悦的。他不知道，"葛鲁希尼茨基趴到我耳朵上补充说，"这些肩章给我带来多大的希望……噢，肩章呀，肩章！您上面的星星，指引方向的星星……不对，我现在万分幸福。"

"你现在和我们一起到山谷散步吗？"我问他。

"我呀？在军服准备停当以前，我说什么也不去见郡主。"

"你要我向她报喜吗？……"

"不，请别说……我想让她冷不防高兴一下……"

"不过告诉我，你和她的事怎么样？"

他很窘迫，就动起心眼儿：他想说几句大话，撒个谎，可又觉得过意不去，但同时又羞于承认事实。

"你怎么看，她爱不爱你？"

"爱不爱？哪能这样问呢？毕巧林，你怎么这样想呀！……怎么可能这样快呢？……再说即便她爱我，一个规规矩矩的女人也不会说出口的……"

"好！这么说，依你之见，一个规规矩矩的男人，对自己的欲望大概也应守口如瓶了？……"

"唉，老兄！天下的事都有表达的方式；有许多事，不可言传，只能意会……"

"这话说得对……只是我们察言观色即可看出的爱情，无论如何也不会使一个女人勉为其难的，若那样，语言不就……葛鲁希尼茨基呀，当心她把你给耍了……"

"她呀？……"他昂首看天，自得其乐地一笑，说，"你好可怜呀，毕巧林！……"

他迈步走开。

晚上，人数众多的社交界徒步到峡谷去。

照当地学者们的看法，这座峡谷不是别的什么，而是一座熄灭的火山口；它位于玛舒克山舒缓的山坡上，离城约有一俄里。在灌木丛与峭壁之间，有一条窄窄的羊肠小道通向那里；爬山时，我把手伸给郡主，于是在后来的整个游览期间她都没有松开。

我们的谈话以恶言恶语开始：我开始历数我们在场的和不在场的人们的不是，先是说他们令人可笑的地方，然后就说他们的斑斑劣迹。我怒火中烧。我以逗趣开始，以实实在在的愤怒结束。起初使她觉得好玩，到后来让她感到恐怖。

"您是个危险分子！"她对我说，"我最好是落在杀人犯的刀下，也不落在您的舌头下……我一本正经地请求你：当您想说我坏话时，您最好是拿刀捅我一下，我想，这对您来说并不是很困难。"

"难道我像一个杀人犯？……"

"您比杀人犯还坏……"

我想了一分钟，然后拿出一种感慨万千的神态说：

"真是的，从小小年纪起，我的遭际就是这样！大家都能在我的眉眼上看出恶劣本性的标志！尽管它们是不存在的；但是认定它们有——它们也就长出来了。我为人朴朴实实，人们却骂我有一肚子坏水儿，我就变得孤僻内向了。我对善恶感触很深；任何人都不对我加以爱抚，一圈人都对我侮辱贬斥，我也就怀恨在心了；我性格忧郁，其他孩子欢快淘气；我感到自己比他们都高明，他们却把我看得很低，我就变得爱嫉妒人了。我本打算热爱整个世界，可谁也不领我这份情，于是我就学会了仇恨。我平平淡淡的青春在与自己、与尘世的斗争中流逝了；我美好的感情，由于怕人讥笑，我将其保存在内心的深处；它们也就死在了那里。我说实话，人们不相信我，我就开始撒谎；当我看清人间万象和社交的种种心态后，我成了人生科学的内行；看到那些一无所长的人们，却不费吹灰之力，就有幸享受我苦苦追求的那些利益，这时我心中就产生一种悲观绝望的情绪——不是靠枪杆子治疗的亡命徒的绝望，而是掩藏在温文尔雅与善意微笑下的冷冷漠漠、少气无力的那种绝望情绪。我变成了一个心灵上的残废：我心灵的一半不存在了，它干枯了，蒸发了，死了，我把它切掉扔了，这样，尽管另一半为了替每一个人服务还在颤动，还活着，但是对此谁也没发现，因为谁也不知道心灵已经死去的一半；可是您现在唤起我对它的回忆，我就给您念了这篇祭文。在很多人看来，大凡祭文都是可笑的，但我却不，尤其是当我忆及所祭的安息的那些东西时，就更不那么看，不过我不求您赞同我的意见。如果您认为我的言行可笑，那就请笑吧。我提醒您，我一点也不会为此而伤心的。"

这一瞬间我遇上了她的眼睛，里面滚动着泪水；她的手，按在我的手上，在瑟瑟发抖；两颊红彤彤的；她可怜我了！同情心——所有的女人都容易屈从的这种感情，向她涉世不深的心伸进了魔爪。在游玩的时间内她一直都六神无主，同谁也不打闹嬉戏，而这正是她此时心情的重大征候！

我们来到了峡谷；太太们辞了自己的男伴，可她却没有松开我的手。当地花花公子们那些俏皮话没有使她发笑；身旁山崖之陡峭也没有使她胆寒，而别的小姐却叽叽喳喳，而且闭上了自己的眼睛。

回家的路上，我没有重谈我们那个令人感伤的话题；不过对我言之无物、空空洞洞的问题和玩笑，她的回答也是寥寥数语，而且漫不经心。

"您爱过吗？"我终于问她。

她盯住我看了一眼，摇了摇头，随后再度陷入沉思。很明显，她有话要说，但是不知道从何说起；她的胸内波浪翻腾，汹涌澎湃……怎么办？细纱衣袖只是一道防御无力的护网，所以电火花便从我的臂上传到她的臂上；几乎所有的热恋都是这样开始的，而我们却常常百般自欺，认为女人爱我们爱的是我们物质或道德上的过人之处；当然，这些长处孕育了、促成了她的心灵去接受放电现象迸出的火花，但毕竟是第一次撞击决定了大事。

"我今天十分可爱，不是吗？"当我们游玩归来时，郡主强装笑容对我说。

我们分手了。

她自怨自艾，她责备自己冷漠……噢，这真是旗开得胜，最重要的胜利！明天她定会重赏我的。我对所有这些，样样都摸得烂熟——无聊就无聊在这上头！

6月4日

今天我见到了维拉。她的醋意折磨得我难受。郡主看来是心血来潮，想把自己心底藏的秘密都掏给她：应当承认，这个抉择是恰当的！

"我老在猜，这一切都是在朝哪一边倒呢？"维拉对我说，"你索性现在就直截了当地对我说你爱她不就成了吗？"

"可是我要是不爱她呢？"

"那干吗对她苦追不舍，让她提心吊胆、坐卧不安地去胡思乱想呢？……哼，我完全明白你的心！这样吧，你要是让我相信你，一周后你就到基斯洛沃茨克去；后天我们就到那里去。公爵夫人在这儿留得久些。你在近旁租套房子；我们将住在一幢靠温泉的大楼内，在顶楼上；下面是公爵夫人里戈夫斯卡娅，旁边就是一幢那家主人尚未占用的房子……你去吗？"

我答应了，而且当天就派人去租了那套房子。

葛鲁希尼茨基晚六点到了我那里，声称他的礼服明天就能做好，刚好赶上舞会穿。

"我终于要和她跳上整整一个晚上了……到时会把满肚子的话统统倒出来的！"他补充说。

"什么时候举办舞会？"

"明天呀！难道你不知道呀？这已是盛大的节日了，承办的事宜由当地领导包了……"

"咱们到林荫道走走吧……"

"何苦呢，穿着这身丢人现眼的军大衣……"

"怎么，你不喜欢它了？……"

我一人去了，碰到梅丽郡主后，就叫她去跳玛祖卡。她脸上露出又惊又喜的神色。

"我还以为您跳舞仅仅是出于无奈，就像上次那样。"她说着，十分妩媚地笑着……

看来她完全没有发现葛鲁希尼茨基的缺场。

"明天您会在心情愉悦之中大吃一惊。"我对她说。

"有什么让我吃惊的？……"

"这是秘密……到舞会上您就恍然大悟了。"

我在公爵夫人家一直待到深夜；除了维拉和一个让人忍俊不禁的老头儿外，没有其他客人。我兴致很高，当即讲了各种极富传奇色彩的奇闻逸事；郡主坐在我的对面，对我的胡说八道听得那么严肃认真，神情紧张，以至于古道热肠，听罢感伤，使我觉得于心不忍，过意不去。她的机灵，她的娇媚，她的执着任性，她那天不怕地不怕的正气，她那不屑一顾的苦笑，她那满不在乎的目光，都跑到哪里去了呢？……

这一切维拉看在了眼里：她病恹恹的脸上表现出深深的忧伤；她把身子瘫沉在一把宽宽大大的圈椅里，坐在靠窗的一处灯影下……我心中可怜起她来……

当时我讲述的是我与她相识相爱的完整的、富有戏剧性的经历，当然，所有这些我都用了胡诌的名字加以掩饰。

我把自己的温柔如水、自己的焦躁不安、自己的感情冲动讲得那么活灵活现；我从如此高尚的方面——陈说她的举止、个性，必然会使她不由得对我与郡主间的谈情说爱加以谅解。

她起身坐到我们身旁，暂释烦闷，谈笑风生……这样一来，我们直到深夜两点，才想起大夫们吩咐十一点躺下睡觉的医嘱。

6月5日

离舞会开始还有半个钟头，葛鲁希尼茨基穿着浑身上下熠熠发光的军礼服来见我。在第三个纽扣上系着一根青铜细链儿，上挂一副双目长柄眼镜[①]；两个肩章大得不可思议，向上微微翘起，活像爱神的两只翅膀；一双皮靴咯咯吱吱，连连作响；左手拿着咖啡色的细羊皮手套和军帽，右手则一分不停地把卷曲外露的鼻毛往细小的鼻孔里填塞。春风得意与略感信心不足，在他的脸上全都外露无余；看见他欢度盛大庆典般的穿戴打扮，和他那鹤立鸡群、目空一切的神气，假若顺我心意的话，我定会前俯后仰，捧腹大笑。

他把军帽和手套扔到桌上，开始抻自己的礼服后襟，对镜整容正衣；一条硕大的黑色项巾，折成高高耸起的领带内衬，从衣领里冒出了半俄寸，领带内衬的鬃毛直抵他的下巴[②]；他感到太小了。他把它朝上提拉，一直拉到耳根；由于拉得千辛万苦——因为军礼服的领口非常狭小和束紧，所以他的脸充血红涨。

"听说你这些天在不择手段地追我的郡主？"他若无其事，也

---

① 在贵族社会中曾流行一种单目眼镜（лорнет），上有手持长柄；двойной лорнет 为双目。

② 旧时打领带垫领带衬。领带衬用鬃毛或麻织成，衬在领带里面。

不拿眼看我，说道。

"像我们这些傻瓜，根本不配喝茶！"① 作为回答，我重复了先前一个最为机灵乖巧的浪子喜爱的一句谚语，这个浪子曾在普希金的诗中得到过赞颂。②

"你说，我穿上这身军礼服好吗？……噢呀，这个可恶的犹太佬！……这两个腋窝是怎么裁的呀！……你这里有香水吗？"

"算了吧，还洒什么呀？就这你已浑身的玫瑰香膏味啦……"

他朝自己的领带上、手帕里和袖子上洒的香水怕有半瓶儿。

"一会儿你跳舞吗？"

"没考虑。"

"恐怕我和郡主一开始就得跳玛祖卡——我却几乎一段也不会……"

"那你邀她来跳玛祖卡了吗？"

"还没有……"

"你可小心别人抢了先……"

"真的？"他拍了一下前额说。"再见……我去门口等她。"他抓起军帽跑了。

过了半个钟头我也出发了。外面黑黑沉沉，空空荡荡；在俱乐部外面，或者说饭店外面，人们拥来挤去；俱乐部的窗上亮

_____

①　这里是反话，意为：我哪配追郡主呀！

②　这里的机灵乖巧的浪子，指彼得·帕甫洛维奇·卡维林（1794—1855），骠骑兵，自由主义者，普希金的朋友。普希金曾在《致卡维林》（1817）与《叶甫盖尼·奥涅金》中赞颂过他。

着灯光；团队的音乐随晚风传入耳中。我步履缓慢，心中感到抑郁……莫非说，我想，我在尘世的唯一使命，就是让别人的希望破灭？自从我有生命和有行为以来，命运似乎总是鬼使神差地把我牵涉进别人悲剧的结局中，好像缺了我，无论是谁，都既死不了，也不会陷入绝望之中！我是剧终时少不了的一个人物；无意之中我便扮演了刽子手或是叛徒这种卑鄙下贱的角色。命运这么安排的用意是什么呢？……它这不是把我打入市井悲剧和家室韵事的作者之列，或者说是故事炮制者之列，譬如给《读者丛刊》一类东西炮制故事吗？……何必刨根问底，非知道不可吗？……还在人之初，就以为要像亚历山大一世或拜伦勋爵一样度过一生，却终生官至区区九级文官，这样的人少吗？……

　　一进大厅，我便藏身男人丛中，开始进行自己的观察。葛鲁希尼茨基站在郡主身边，正激情洋溢、神采飞扬地讲着什么；她用扇子轻抵双唇，心不在焉地听着他的讲话，眼睛却打量着两旁；她表情中的急不可待让人一览无余，两只眼睛正在周围搜寻着什么人；我从背后悄悄走近，以便偷听他们说些什么。

　　"您折磨死我了，郡主！"葛鲁希尼茨基说，"分别以来，您变得简直判若两人了……"

　　"您也变化很大。"她匆匆瞟了他一眼说。他却不善于从这种眼神中觉察出暗藏的嘲弄。

　　"我？我变了？……嗨，永远都不会变的！您知道，不可能变的！谁要是一朝见了您，他定会把您的菩萨仙姿永存心中，百年不忘。"

　　"别往下说了……"

　　"不久前您还，而且经常是，赏脸爱听的东西，现在怎么就听不得了呢？……"

"因为我不喜欢翻来覆去，老生常谈。"她笑着答道。

"噢呀呀，我错得好惨呀！……我，没头没脑，缺心少肺，还以为这副肩章至少使我有权盼着……不，我最好还是一生一世都穿着那身让人另眼看待的军大衣，也许我是穿了它才博得了您的垂青……"

"实际上，军士大衣与您要相称得多……"

就在这时我走上前去，朝郡主躬身致意；她脸上一阵绯红，快言快语地说：

"灰军士大衣对葛鲁希尼茨基先生要合适得多，不对吗，毕巧林先生？……"

"不敢苟同，"我答道，"他穿上军礼服倒是显得更稚嫩一些。"

葛鲁希尼茨基忍受不了这一打击，他像所有的男孩子一样，胸怀作为长者的大志；他以为，火热的欲望在自己脸上留下的深深的痕迹正取代年龄的印记。他恶狠狠地瞥了我一眼，顿足拂袖而去。

"不过您得承认，"我对郡主说道，"尽管他向来都可笑得要命，然而不久以前您还感到他蛮有意思……是因为穿着灰军士大衣吗？……"

她低垂两眼，未作回答。

葛鲁希尼茨基整整一个晚上对郡主都紧追不舍，或是同她一起跳舞，或是vis-à-vis①；他的两眼简直要把她吞下肚去，不时唉声叹气，并以自己的苦苦哀求加之声声责怪使她心生腻味。跳过第

---

① 法语，意为：面对面，或对面坐着、对面站立。

三轮后，她对他已是心生怨恨了。

"我没料到你会来这一手。"他走过来，伸手抓住我的胳膊说。

"此话从何说起？"

"你跟她跳玛祖卡了吧？"他用得胜还朝一样的口气问，"她都向我承认了……"

"喏，那又怎么样呢？难道这是秘密不成？"

"当然啦……我本该对这个疯丫头……这个小贱货的这种做派心中有数的……瞧我的报复吧！"

"怪你自己的军大衣或是自己的肩章去，责备她干什么？她不再喜欢你了，这有什么错？……"

"那为什么要让人感到有盼头呢？"

"你凭什么感到有盼头呢？人们有所希冀，有所追求——我理解，可谁会实打实感到有了盼头呢？"

"你赌赢了，不过并不是全赢。"他狞笑一声说。

玛祖卡舞开始了。葛鲁希尼茨基专挑郡主一个人跳，其他男伴也都一刻不停地找她来跳；这显然是与我作对的一种合谋；这样更好：她想和我说话，别人从中作梗，于是她与我说话的愿望便加倍的强烈。

我两次握她的手；第二次她把手抽走，只字未吐。

"这一夜我将睡得心烦意乱。"音乐结束时她对我说。

"这都怪葛鲁希尼茨基。"

"啊，根本不是！"她的脸上显得那么心事重重，忧心如焚，致使我暗下决心，今天晚上定要吻一下她的手。

人们开始各自回府。让郡主坐入四轮轿式马车时，我迅速把她的小手拉到了我的唇上。天很黑，所以谁也不会看见。

我回到大厅，沉湎于自我陶醉之中。

一张大桌旁，年轻人正在用晚餐。其中就有葛鲁希尼茨基。当我进去时，所有的人都闭口不说话了：显而易见，刚才是在说我。很多人上次舞会后对我怒气不消，耿耿于怀，尤其是龙骑兵上尉，所以一帮针对我的复仇匪徒，看来现在正死心塌地地集结于葛鲁希尼茨基的麾下。他所摆出的正是那种不可一世的和赳赳武夫般的神气……

我喜不自胜；我爱我的敌人，尽管不是遵循基督精神。他们可以给我消愁解闷，让我热血沸腾。时时刻刻枕戈待旦，捕捉每一个眼神、一字一句的含意，猜测用心，粉碎阴谋，佯装受骗，接着弹指一挥，顷刻间，将把以狡猾和诡计营造的整个巨大的和凝结千辛万苦的大厦夷为平地，这才是我所谓的人生。

继续吃晚餐的时候，葛鲁希尼茨基与龙骑兵上尉一直在窃窃私语，互递眼色。

6月6日

今天清晨，维拉就和丈夫去了基斯洛沃茨克。我到里戈夫斯卡娅公爵夫人家去的路上，碰上了他们的四轮轿式马车。她朝我点了下头，目光中流露出对我的责备。

怪谁呢？她为什么不肯给我个机会，让我单独和她见面呢？爱情似火，断薪自熄。争风吃醋，或许能产生一种靠我的恳求难以获得的奇效。

我在公爵夫人那里坐了整整一个钟头。梅丽没出来——她病了。晚上她没到林荫路去。又是那帮匪徒，脸上都配置了长柄眼镜，实际上却现出青面獠牙的狰狞面孔。我为郡主生病高兴：不然他们对她会有鲁莽失礼之举的。葛鲁希尼茨基头发散乱，心灰意冷；看来确实让他伤心了，尤其是他的自尊心受到了伤害；然而你知道也有这样的人，连他们的灰心丧气都会引你发笑！……

回到家里，我发现自己若有所失。**我没见到她！她病了！**莫非我真的爱上她了？……真是滑天下之大稽！

6月7日

上午十一点——里戈夫斯卡娅公爵夫人通常在叶尔莫洛夫浴池沐浴的时候——我从她的府前经过。郡主若有所思地坐在窗前；看见我，她一跃而起。

我进了前庭；那里空无一人，于是我不经通报，便利用当地习俗的宽松，径直走进客厅。

一层苍白色蒙上了郡主可爱的面庞。她一手按着椅背，站在钢琴前——这只胳膊正微微发抖；我悄然走到她的身旁，说："您在生我的气呀？……"

她抬起娇懒、深沉的目光看我一眼，摇了摇头；她的双唇轻启欲言，可是未能出声；两只眼睛充满了泪水；她瘫坐在椅上，双手掩面。

"您怎么了？"我拉起她的手臂问。

"您不尊重我！……啊呀！离开我吧！……"

我迈出了几步……她在椅上抬起头来，两只眼睛泪光闪闪……

我手抓门的把手停下身来，并且说：

"原谅我吧，郡主！我的举止疯疯癫癫，缺心少肺……此类事情不会重演：我自有办法……您怎么会知道截至目前我的内心活动呢？您永远不会知道的，不过这对您更好。再见。"

要走时，我好像听到她在哭泣。

我在玛舒克山下游游荡荡，直到黄昏，感到累得要死，所以一回到家，便筋疲力尽，一头栽到了床上。

这时魏尔纳来了。

"真的吗？"他问，"听说您要与里戈夫斯卡娅郡主结婚啦？"

"从何说起？"

"全城沸沸扬扬，众口一词；我的所有患者都被这一要闻搅得团团转，而患者又是这样一个群体：无所不知的百事通！"

"这定是葛鲁希尼茨基捣的鬼！"我心里想。

"为了向您证实这些传闻的荒诞不经，大夫，我向您透露一个消息：明天我要迁往基斯洛沃茨克了……"

"公爵夫人也迁吗？"

"不，她在这里还要再待一周。……"

"那您不结婚了？……"

"大夫呀，大夫！您瞧一下我，难道我像新郎官，或有这方面的蛛丝马迹吗？"

"我没这么说……不过您知道，有这样一种情形……"他狡黠地一笑补充说，"身陷其中时，名门望族之人就必须结婚，也有这样的妈妈，至少说她们没有提防那种情形的发生……所以作为好友，我劝您还是小心点好。在这里，在矿泉区，有一种万分可怕的空气：我不知见过多少漂漂亮亮的年轻人，他们那可真叫交了桃花运，从这儿离开时一下就成了新婚夫妻。甚至，您信吗？还有人要我娶妻！确切地讲，是一位土里土气的妈妈，她有个女儿面色如土。算我多嘴，告诉她女儿婚后就会再现娇颜；这样一来她便满含感激的眼泪，提出要把她女儿许配给我，还要加上自己的全部家产——好像是五十个农奴作为陪嫁，但我回答说自己没有这个福分……"

魏尔纳走时信心十足，认为自己已经劝阻了我。

从他的话中我听出来了，关于我与郡主，城里已经散布了种种卑鄙无耻的流言蜚语：在这件事上是不会少了葛鲁希尼茨基的！

6 月 10 日

到基斯洛沃茨克转眼已三天了。每天都在矿泉井池的边上以及散步的时候见到维拉。早晨醒来，坐到窗前，拿起长柄眼镜看她的凉台；她早已穿戴齐整，等待着事先约好的暗号；好像事出偶然一样，我们在从我们的寓所朝下延伸到矿泉井池边的那座公园里见面。清新宜人的山地空气恢复了她的气色和体力。纳尔赞矿泉无愧于壮士泉的美名。当地的居民断言，基斯洛沃茨克的空气能使有情人早成眷属，最初开端于玛舒克山脚下的所有风流情话，在这里都终于喜结良缘。实际上也恰是如此，侧耳谛听，远远近近，一派幽静；环顾周围，目及之处，整整一个神秘世界——包括林荫道上，椴树躬身溪流的浓密绿荫掩映着溪水，闹闹嚷嚷，浪花飞溅，从一块岩石跌向另一块岩石，在重重绿山之间为自己冲出一条路径，也包括一道道的峡谷，里面雾蒙蒙的、静悄悄的，沟沟岔岔由这里通向四面八方；包括饱含着深深的南国青草和刺槐气味的、芬芳醉人的清新空气，也包括冰凉的溪流发出的经久不息、催人进入香甜梦乡的潺潺水声，那些溪流在谷口相遇，争先恐后，友好竞进，最后直落波德库莫克河中：这万千景象无不让人感到神秘莫测。从这里开始，峡谷渐见宽阔，变成一片绿油油的谷地；一条尘土飞扬的大道在谷中蜿蜒前进。每一次，朝大道一看，我总感到路上有辆四轮轿式马车，车窗里露出一张红润的小脸。但是百辆千辆轿式四轮马车从路上过去了，那个小脸儿依然不曾见到。要塞外面的村镇上住满了人；建在小山上面、离我住房几步之遥的餐馆，开始在两排杨树的后面亮起了灯光；嘈杂的人声与杯子的撞击声一直响到深夜。

无论在哪里，也没有像在这里喝了那么多卡赫齐亚葡萄酒和矿泉水。

　　　不过爱把二者掺和一起者
　　　大有人在——唯我不在其列。[1]

---

　　① 在格里鲍耶陀夫的《聪明误》的台词中有："把二者掺和一起的老手，大有人在——唯我不在其列。"这里毕巧林主要标榜不与他人为伍的情绪。

葛鲁希尼茨基和他的一伙儿狐朋狗友每天都在餐馆里大吵大闹，和我几乎不打招呼。

他昨天才来，可是已跟三位想在他前面洗澡的老人吵了架；毫无疑问，倒霉的遭际加重了他好斗的牛脾气。

6月11日

她们终于来了。听到她们的辚辚车轮声时，我正坐在窗口。我的心为之一颤……这是怎么回事呀？莫非我沉入情天孽海之中了？我生性如此愚蠢，这种事我会做得出来的。

我在她们那里用了午餐。公爵夫人无限温情地望着我，却又守着自己的女儿寸步不离……真糟糕！另外维拉妒忌的是我和郡主的缘分；因为这么得心应手！为了折磨自己的对手，一个女人什么事做不出来呢？记得一个女人爱上了我，其原因是我爱另一个女人。天底下再没有比女人的心更荒谬绝伦的了：很难使女人们对什么坚信不疑，应当开导她们，让她们对自己认准的事情矢志不渝，善始善终；她们赖以中途变卦、不守初衷的凭证是稀奇古怪、令人咋舌的。为了学会她们的辩证法，就得抛开头脑中所有最起码的逻辑，好比说，通常的思考方式是：

这个人爱我；但我身为有夫之妇，顺理成章的是，我不该爱他。

女人们的思考方式却是：

我不该爱他，因为身为有夫之妇；但是他爱着我，这么一来我就该……

这里点省略号，因为理智已经无话可说，要说的话多由舌头、眼睛和继它们之后的心灵来说了，倘若还有心灵的话。

假若有朝一日这束笔记落到一个女人的眼皮底下，会有什么下场呢？"诽谤！"她会愤愤然厉声叫道。

自从诗人们写女人，女人们读诗（为此对她们应该千谢万谢）以来，那么多次把她们称为天使，以至她们由于天真无邪而真的信了这种恭维，忘记了正是这些诗人，为了金钱，曾把尼禄捧成了半神半人的明君①……

谈及女人们我本不该如此的恶言恶语——我是一个除了女人在尘世上什么也不爱的人，我是一个时刻准备为她们而牺牲自己安宁、功名、生命的人……我虽恶语相向，但我并非因为懊丧情绪和受到伤害的自尊心突然发作，所以才极力揭下盖在她们身上的、只有行家里手的目光才可看穿的那块魔术师的障眼魔巾。不，我说的有关她们的一切，只是因为——

　　头脑冷峻的观察

　　和心灵痛苦的感受。②

女人们最好是盼着天下的男人们都像我这样充分地理解她们，因为自从我不再害怕她们并理解她们细小的毛病之后，我就更加

---

① 尼禄（37—68），古罗马54年至68年在位的皇帝，初期尚称清明，后弃贤臣，以放荡、昏暴闻名于世，最后在人民的反抗浪潮中因穷途末路而自杀。

② 引自普希金的《叶甫盖尼·奥涅金》的献词。

百倍地喜爱她们了。

对了，魏尔纳前几天曾把女人们比作塔索在他的《被解放的耶路撒冷》[①]中讲述的妖林。"只要一靠近，"他说，"那么多令人害怕的东西就会从四面八方朝你飞来，致使你万念俱灭：义务呀，荣耀呀，面子呀，人言呀，嘲笑呀，鄙夷呀……一切都荡然无存了。只要你闭眼不看，一直往前走，恶魔们就会渐渐消遁，你的面前便展现出一片静谧而光明的林中空地，里面有一个欣欣向荣的绿色世界。假若你刚走几步就心中战栗，掉头逃跑，那可就糟了！"

6 月 12 日

今晚是个多事的夜晚。距离基斯洛沃茨克三俄里的地方，在波德库莫克河流经的一座峡谷里，有一处称作"戒指"的山岩；这是大自然形成的一道门户；两扇大门耸立在高高的山峦上，西沉的太阳，透过两扇庞大门板的间隙，把自己最后一线火热的目光洒向人间。浩浩荡荡的一群马背游侣前往那里，要透过一孔小小的石窗观赏落日。我们之中无论哪一位，说句实在话，心里想的都不是太阳。我与郡主的两匹马并辔共进；回家路上，需要蹚过波德库莫克河。山间小河，哪怕是最为细小的一线溪流，都是危险的，尤其是它们的河底，简直是千变万化、险象丛生的万花

---

① 塔索（1544—1595），意大利诗人，其代表作叙事诗《被解放的耶路撒冷》描写十字军第一次东征，围困伊斯兰教徒占领的耶路撒冷时，伊斯兰教徒曾以魔法使十字军陷入困境。诗中十字军的骑士唐克雷蒂曾与伊斯兰教徒女战士克罗琳达相爱。

筒：由于波浪的冲刷，它们每日都在发生变化，昨天那里还是一块石头，今天那里就成了一个大坑。我抓起郡主坐骑的笼头，把她领入深不没膝的河中；我们不声不响，开始斜刺着水流过河。众所周知，穿越湍急的流水，不该低头看水，因为那样马上就会头晕目眩。我忘了提醒梅丽郡主这一点。

我们已经到了河心——河水最为湍急的地方，她在鞍上突然晃了一下。"我恶心！"她声音微弱地说……我迅速侧过身去，搂住了她柔韧的腰身。"朝上看！"我悄声说，"不要紧，别害怕，有我跟您在一起。"

她感到好些了；她想从我的臂中挣脱开来，但我却把她娇嫩、柔软的身子搂得更紧；我的面颊几乎贴到了她的面颊上；她感情炽烈，如同火焰。

"您要拿我怎么样呀？……我的天！……"

我没有把她的颤抖和羞涩看在眼里，我的双唇也就贴到了她娇嫩的脸上；她打了个冷战，可是什么话也没说；我俩殿后，谁也没有看见。我们上岸后，大家便快马加鞭往前跑。郡主勒住自己的马；我也驻马停在她的身旁；看得出，我的沉默使她不安，但我发誓一个字也不说——出于好奇。我想看她如何摆脱这一僵局。

"您这不知是作践我呢，还是非常爱我！"她终于开口了，话声中满含着泪水，"也许您想拿我开心，搅乱我的心灵，然后撒手不管……要这样，那可就太卑鄙、太下流了，以至只能看作是……啊，哪里！不是吗？"她用一种充满温存的轻信的声音补充说，"我身上没有任何低贱的地方，不是吗？您的鲁莽行为……我应该，我应该对您加以原谅，因为我允许了……回答呀，倒是说话呀，我要听到您的声音！……"她最后几句话里，有着女人们那样的一种急不可待，致使我不禁哑然失笑；幸好天已见黑……我什么也没有回答。

"您不说话呀？"她接着说，"您是不是想让我首先开口，说我爱您？……"

我没说话……

"您想这样吗？"她把脸一下转向我，接着说……她目光和话语中流露出来的不依不饶中，包藏着一种令人胆寒的东西……

"为什么呢？"我耸耸双肩说。

她在自己的马背上猛抽一鞭，沿着狭窄的、危险的路径豁出性命狂奔；她这一手来得这么迅疾，使我几乎追不上她，追上时她也已经和其他人走在一起了。一直到家，她路上都在不停地说说笑笑。她的行动显示出狂躁失态，对我一眼也没看。所有的人都发现了这种非同寻常的开心。连公爵夫人看着自己的女儿，也打心眼儿里暗暗高兴；而女儿这边却是神经质似的发作：她定会彻夜不眠，而且还要哭泣。这种想法给我带来难以形容的喜悦：我有缘领悟吸血鬼瓦姆皮尔①是个什么玩意儿了……嘿，就这我还是个出了名的好少年，而且要苦苦保全这个名声呢！

下了马，太太们进去见公爵夫人；我心中七上八下，便催马

---

① 瓦姆皮尔是民间故事中的鬼魂，白天为僵尸，夜里从坟中出来吸人血液。拜伦也有由他口述、他的医生博里多里记录的《瓦姆皮尔》的故事。莱蒙托夫在《当代英雄》序言的草稿中也提到瓦姆皮尔，说："既然各位相信麦里莫特、瓦姆皮尔的存在，为什么就不相信毕巧林的真实性呢？"

上山，排遣郁积头脑中的种种想法。降露的黄昏凉爽宜人。月亮从黑魆魆的山巅背后升起。峡谷的寂静中，我没有钉掌的马每走一步都传出一声闷响；在瀑布下面我饮好马，自己贪婪地吸了两口南方夜里新鲜的空气，便拨马顺原路回来。我穿过了城关。万家灯火陆续熄灭；要塞城墙上的哨兵和近处巡逻的哥萨克们拖着长腔，大声地互问互答……

城关的公寓中，有一座建在城壕边上，我发现里面灯光格外辉煌；那里不时传出声音忽高忽低的交谈和叫喊声，活活描绘出行伍之辈的聚餐。我溜下马背，凑到窗下；未堵严实的护窗板使我得以看清聚餐的人们，听清他们的言论：是在说我。

酒兴正浓的龙骑兵上尉撒着酒疯，朝桌上砸了一拳，要求人们用心听他说话。

"先生们！"他说，"这不像话。要给毕巧林点厉害！这些不知天高地厚的彼得堡小子们，你不抽到他的脸上，他就不知道他是老几！他认为就他一个人在贵族社会里混过，就因为他总是戴着干干净净的手套，穿着擦得锃亮的皮靴。

"而且还总是一脸不屑一顾的冷笑！话又说回来了，我倒相信，他是一个胆小鬼——不错，胆小鬼！"

"我也这么看，"葛鲁希尼茨基说，"他惯用谈笑来息事宁人。有一次我说了一大堆让他不堪忍受的话，换了别人，当场非把我撕碎不可，可毕巧林却总是把它当笑话儿听。我，当然喽，也没有激他，因为这是他的事；再说我也不愿纠缠……"

"葛鲁希尼茨基恨他，是因为他夺了人家的郡主。"有人说。

"这简直是凭空杜撰！不错，我对郡主也曾有心追求，不过很快就作罢了，因为我无意结婚，而有辱一位姑娘清白的事也一向不合我的行为规范。"

"我敢对诸位把话说死，天字第一号的胆小鬼就是他，即毕巧林，而不是葛鲁希尼茨基——啊，葛鲁希尼茨基真是好样的，再说他还是我的挚友呢！"说这话的还是龙骑兵上尉，"先生们，在座的谁也不替他说话吗？没有一个人？那好！愿意一试他的胆量吗？这定会让我们喜不自胜……"

"愿意，只是怎么个试法呢？"

"那就听着：葛鲁希尼茨基对他特别痛恨——主角就由葛鲁希尼茨基来当！他须在哪个事上找个岔子，叫毕巧林跟他决斗……等一下大家就清楚了；把戏是这么个玩法……他要决斗：那好！所有这一切——提出决斗、准备决斗的条件——都尽可能地庄重严肃，杀气腾腾——这事我包了；我来当你的保人①，可怜的朋友！好了！不过招儿在这儿：手枪中我们不放子弹。我敢对你们说，毕巧林到时肯定会怵阵——我让他们相距六步之遥站好，让他丢丑去吧！同意吗，先生们！"

"这一招真高！同意！有什么不同意的？"四座同声相应。

"你呢，葛鲁希尼茨基？"

我忐忑不安地等着葛鲁希尼茨基的回答；当我想到若不是上苍有眼，我定会成为笨蛋们的笑料时，我的整个感情都被冷酷无情控制了。假若葛鲁希尼茨基不同意，我会扑上去搂住他的脖子

---

① 即保证人，要为由他作保的人的行为符合要求作保。这里是指替葛鲁希尼茨基在决斗中的行为负责。实际上，有些像他的经纪人。

的。但是他稍事沉默之后，就离座起身，把手伸给上尉，十分郑重其事地说："好，我同意。"

很难描绘这帮正人君子那种狂喜的丑态。

我回到家里，两种不同的心情使我激动不已。第一种是悲伤。"为什么他们全都对我怀恨在心呢？"我想，"为什么？我欺侮谁了吗？没有。难道我属于仅仅外表就可惹出祸端的那种人吗？"于是我感到，凶狠歹毒的情感渐渐塞满肺腑。"你可留神呀，葛鲁希尼茨基先生！"我在房中踱来踱去说，"跟我来这一手可不是闹着玩的。您可能要为赞同您那帮胡作非为的同伙儿付出高昂的代价的。我不会任你们玩弄的！……"

我通宵未眠。天要亮了，我的面色黄得像只酸橙。

清晨起来，我在矿泉井池边上碰见了郡主。

"您病了？"她盯住看了我一眼，问道。

"我夜里没睡。"

"我同样也没……我在怪罪您……也许冤枉您了？那您就把话讲清楚，您无论说什么我都能宽容……"

"无论什么吗？……"

"无论什么……不过要说实话……不过要快点……您哪里知道，我曾翻来覆去地琢磨，尽力去解释您的行为，为其争辩；您或许怕我的亲属阻拦……这不要紧，到他们知道时……（她的声音在颤抖）我会向他们求情的；或是您本人的处境……可您要知道，为了我钟爱的人我能够牺牲一切的……啊，快些回答吧，慈悲为怀吧……您不鄙视我，不是吗？"

她一把攥住了我的手。

公爵夫人与维拉的丈夫走在我们前面，什么也看不见；可是那些散步的病号，那些喜爱捕风捉影、造谣生事之徒中最为拔尖的人们，却能看见我们，所以我赶快从她热烈的紧握中抽出自己的手来。

"我把实情全都告诉您，"我回答郡主说，"我不辩解，不对自己的行为做任何解释；我不爱您。"

她的嘴唇微微发白……

"离开我。"她用难以听清的声音说。

我耸耸双肩，转身离去。

6月14日

我有时会妄自菲薄，自暴自弃……是否因此我也看轻了别人呢？……我的心里已经不会有高尚的冲动了，我害怕在自己面前丢丑。换换别人处于我的境地，肯定会把 son coeur et sa fortune[①] 给郡主的；可是**结婚**一词压在我的头上就显得法力无边，分外森严：不管我对一个女人爱得多么如火似炭，如果她让我稍有察觉，说我应该同她结婚，那么爱情也就会消失殆尽！我的心就会变得冷若铁石，无论什么都难以使它温暖如初。牺牲一切我都在所不惜，唯有这一点决不放弃；我愿二十次赌上自己的生命，以至自己的荣誉……但是不会出卖自己的自由。我为什么把它看得这么重呢？它对我意味着什么？……我在培育何种志向？我对未来期

---

① 法语，意为：手和心。

待什么？……说真的，一无所求。这是一种生来即有的恐惧，一种莫名其妙的预感……要知道有这样一些人，他们不由分说，下意识地害怕蜘蛛、蟑螂、老鼠……承认吗？……当我还是一个幼童时，我母亲让一个老太婆替我算了一卦；她算定我要**死在狠心妻子手上**。这一卦当时可把我给惊呆了；我心里便对结婚萌发了一种难以克服的厌恶……与此同时，有种什么东西使我相信，她的占卜一准应验；我至少要想方设法，让它应验得尽量晚些。

6月15日

昨天这里来了一位魔术师，姓亚普菲尔巴乌姆。餐馆的大门上贴了一张长长的海报，敬告万分可敬的观众们，闻名遐迩、技艺超群的魔术家、化学家和光学家，将于今晚八点钟，在贵族俱乐部（即饭店）大厅荣幸地进行精湛演出；每张票价为两个半卢布。

大家都准备去一睹这位技艺超群的魔术家的表演；甚至里戈夫斯卡娅公爵夫人也搞了一张票，别看她的女儿还在病中。

今天午饭后，我曾走过维拉的窗下；她独自一人站在凉台上；一张字条落到我的脚前。

　　今晚九点多钟，走大楼梯来我这里；我丈夫去皮亚季戈尔斯克了，明天早上才回来。我身边的人和女用人都不会在家；我给他们全分了票，公爵夫人身边的人也都分了。我等着你，你一定来。

"啊哈!"我想,"终究还是如了我的愿。"

八点钟,我去看魔术家表演。眼看都九点了,观众才算到齐;演出随即开始。在后排的座椅上我认出了维拉和公爵夫人的随从与用人。所有该来的人全都来了。葛鲁希尼茨基戴着长柄眼镜坐在头一排。每当魔术师需要手帕、手表、戒指及其他什么东西时,总是找他去要。

葛鲁希尼茨基见面和我不打招呼已有多日,今天两次看我时目光都十分粗野。到了我们不得不算账的那一天,这一切他都该记在心上。

将近十点,我起身走出俱乐部。

外面一片漆黑,以至伸手不见五指。沉重、清冷的乌云横在周围大山的峰峦上,唯有渐渐停息的风,间或轻摇饭店四周的杨树梢儿发出哗哗的响声;饭店窗外聚集着成群的人。我从山上下来,折进公爵夫人家的大门后加快了脚步。突然感到身后有人跟着。我停下来,看了看四周。黑暗之中什么也分辨不清;不过为了小心起见,我还是假装散步,围着公寓绕道而行。走过郡主窗下时,我又一次听到身后的脚步声;有个人身裹军大衣,快步跑过我的身边。这使我心中万分紧张;不过我还是偷偷溜上了台阶,匆匆跑上了漆黑的楼梯。门开了,一只小手抓住了我的胳膊……

"谁也没有看到你吗?"维拉凑到我跟前,低声说。

"谁也没看到!"

"现在你相信我爱你吗?我久久徘徊不定,我久久左右为难……可你却拿我随心所欲,为所欲为。"

她的心脏跳得很厉害,两臂冷若寒冰。责备、吃醋、抱怨开始了——她要求我对她说的那些东西都得承认，说她会服服帖帖忍受着我的背叛的，因为只要我幸福她就心满意足了。对这我不尽相信，然而仍以赌咒发誓、慷慨许诺等来安慰她。

"那你不跟梅丽结婚啦？不爱她啦？……可她却以为……你知道吗？她爱你爱得发疯，好可怜呀！……"

…………

夜里两点，我打开了窗子，把两条肩巾往一起一系，抱住柱子就从上面的凉台到了下面的凉台上。郡主房里还亮着灯。不知什么东西神差鬼使，让我走到那扇窗下。窗帷并未拉严，所以我好奇的目光可以瞟见她房间的深处。梅丽两臂交叠在膝头，坐在自己床上；一头浓发缩在一顶做工精巧的花边睡帽里；一条鲜红的大围巾搭在她白皙的双肩上；两只娇美的小脚隐藏在夹杂七种颜色的波斯便鞋里。她低头坐在那里，一动也不动；她面前小桌上的那本书虽已翻开，但是她的两只眼睛直直的，充满了一言难尽的忧伤，似乎上百次地在这同一页上匆匆溜过，然而此时此刻，她的心思却在万里之外……

恰在这时，不知谁在树丛后晃了一下。我纵身从凉台跳到下面的草皮上。一只看不见的手抓住了我的肩膀。

"哈哈！"一个粗野的声音说，"落网了！……我让你深更半夜给我会郡主去！……"

"抓紧他！"另一个跳出旮旯儿的人叫道。

这两个人是葛鲁希尼茨基和龙骑兵上尉。

我朝后者头上打了一拳，把他撂在地上，蹿进了树丛。公园地处我们公寓对面山坡上，里面的条条小道我都了如指掌。

"闹贼了！来人呀！……"他们大声吆喝着，传来一声枪响，一个正在冒烟的填弹塞几乎落到了我的脚上。

一分钟后我已回到自己房中，脱衣躺到了床上。我的随从刚刚锁好大门，葛鲁希尼茨基和上尉就在门上敲起来。

"毕巧林！您睡了？在家吗？……"上尉高声叫道。

"睡下了。"我气哼哼地答道。

"起来吧！闹贼了……切尔克斯人来了……"

"我在流清鼻涕。"我回答说，"怕是感冒了。"

他们走了。我何必答应他们呢：不然的话他们还会在公园再费它个把钟头搜我呢。这时响起了惊心动魄的警报声。要塞里的一个哥萨克飞驰而来。处处不得安宁，人人风风火火；开始在四面八方、角角落落的树丛中寻找切尔克斯人——不用说，结果一无所获。然而很多人想必仍然坚信不疑，假若警备队表现得更加英勇和果断，那么少说也有一二十个盗贼给撂在地上，难以生还了。

6 月 16 日

今天清晨起来，切尔克斯人夜袭成了矿泉井池边人们闲谈的唯一话题。喝完规定杯数的纳尔赞矿泉水后，沿着长长的椴树林荫道成十来次地往返走动时，我碰上了刚从皮亚季戈尔斯克回来的维拉的丈夫。他伸手抓住我的胳膊，我们就到饭店去吃早饭；他为妻子提心吊胆，焦躁不安。"昨天夜里她该是多么担惊受怕呀！"他说，"怎么偏偏我不在时出这事。"我们在通往角落那个房间的门口坐下用早餐，里面有十来个年轻人，葛鲁希尼茨基是其中之一。命运再次给我提供机会，使我可以偷听到一次可以决定他的成败荣辱的谈话。他看不到我，所以，照理说，我不能怀疑他是事先安排好的；但这只能在我心目中加重他的罪过。

"难道说这真是一帮切尔克斯人？"有人说，"有谁看见他们没有？"

"我从头到尾给你们讲讲这件事，"葛鲁希尼茨基答道，"不过请别把我给出卖了。是这么一回事：昨天有一个人，他的名字我不给你们点出，来找我，说晚上九点多钟，有个人偷偷摸摸进公寓找里戈夫斯卡娅一家。应该强调的一点是，公爵夫人当时在这里，而郡主却在家里。这样我就和那一位去了窗下，想坐待那个交好运的家伙。"

老实说，我吓坏了，尽管和我交谈的人为吃自己的早餐忙得不可开交，因为万一葛鲁希尼茨基猜到了昨夜实情的话，我的交谈者就会听出一些足以使他不快的东西；可是昨夜他醋劲大发，心烦意乱之中就没有识破真相。

"你们要知道，"葛鲁希尼茨基接着说，"我们去时，随身带的是支装有空弹夹的枪，只是为了吓吓而已。在公园我们等到两点。终于——天晓得他从哪里冒了出来，只是没有从窗户钻出，因为窗户没有打开，想必是从圆柱后面那扇玻璃门中出来的——终于，听我说，我们看到，一个人从凉台上下来了……这算什么郡主呀？啊？嘿，我算服了，莫斯科的小姐哟！出了这种事后还能信什么呢？我们想把他抓起来，可是他挣脱了，并且像只兔子似的跑进了树丛中；我立即朝他开了一枪。"

"你们不相信呀？"他继续说，"我向你们做出诚实的、庄重的保证，这一切都是千真万确的事实，而且，看来我得点出这位先生的大名，以资佐证了。"

"说吧，说吧，他是谁呀？"四下响成了一片。

"毕巧林。"葛鲁希尼茨基回答说。

此时此刻他抬头一看，我在门口站在他的对面；他满脸红得吓人。我走到他跟前，语调缓慢、清晰无误地说：

"我万分遗憾，在您已做出诚实的保证来证实最为伤天害理的诽谤之后我突然进来了。我的出现想必不至于使您显得分外卑鄙无耻吧？"

葛鲁希尼茨基霍然离座，想发雷霆之怒。

"敬请海涵，"我继续以同一种语调说，"请您立即收回自己那一席话；您心中一清二楚，这是一派胡言。我不认为一个女人因为对您光彩照人的高尚品德视而不见，应该引起您如此残忍的报复。敬请三思：执迷不悟，固执己见，您将丧失品格高尚的人的名誉权，还要冒着生命危险。"

葛鲁希尼茨基站在我的面前，两眼瞅地，心乱如麻。但是良心与面子之间的斗争是短暂的。坐在他身边的龙骑兵上尉用肘捅了他一下；他一激灵，眼也不抬，匆匆回答说：

"慈悲为怀的先生，我嘴上说的，正是心中想的，而且敢于重说一遍……我不惧怕您的威胁，您可使尽招数，我都奉陪到底。"

"您已把话说尽说绝了。"我冷若冰霜地回答，并拉起龙骑兵上尉的胳膊走到屋外。

"有何贵干？"上尉问。

"您身为葛鲁希尼茨基的挚友——想必也将是他的决斗保人！"

上尉十分郑重其事地躬了下身子。

"让您说对了，"他答道，"我甚至是责无旁贷，义不容辞，因为他所受到的侮辱也事关本人清白：昨夜是本人与他同行。"他挺挺自己微微驼背的身子，做了这一补充。

"啊！这么说，我笨手笨脚、没轻没重的那一拳是打到您的头上了？……"

他的脸一阵黄，一阵青；埋在心底的愤懑一下溢于颜面。

"我今天就将荣幸地委托我的决斗保人前去见您。"我彬彬有礼地躬身作别，而且装出对他的暴怒若无其事一样补充说。

在饭店的台阶上我遇到了维拉的丈夫，看来他是在那里等我。

他怀着欣喜若狂的心情，一把抓住了我的胳膊。

"情怀高尚的年轻人！"他眼里噙着泪水说，"一切我全都听到了。这种禽兽不如的坏蛋！忘恩负义之徒！……出了这种事后，还敢让他们进入体体面面的人家吗？感谢上帝，我家没有女儿！但是您为她而不顾生死的那个女子定会报答您的。终究有一天您会相信，我绝对不会信口雌黄，"他继续说道，"我也是打年轻时候走过来的，而且在部队里面干过，所以我知道，对这类事不该干预。再见吧。"

真是一个可怜虫！为他没有女儿而高兴……

我径直地去找魏尔纳，碰上他正好在家，就把前前后后的事统统告诉了他——我与维拉、与郡主的关系，我偷听到的那席谈话，和我从中得知这几位先生要迫使我以空弹决斗来要弄我的企图。但是现在事情越过了要弄的界限：他们想必对这样的收场是始料不及的。

大夫同意做我的决斗保人；我把一些有关决斗条件的规则交给了他；他应当力求此事办得尽量保密，因为尽管我随时都准备险遭不测，然而我却丝毫无意将此生的前程毁之殆尽。

随后我回到家里。过了一个钟头，大夫已考察归来。

"串通一气来对付您的阴谋确实存在，"他说，"在葛鲁希尼茨基那里我看到了龙骑兵上尉，还有另外一位先生，他的姓氏没有记住。我在前厅停了片刻来脱套鞋。他们正在那里吵吵嚷嚷，争得不可开交……'无论如何我都不会同意！'葛鲁希尼茨基说，'他是在众目睽睽之下侮辱了我，那完全是另一回事……''这与你有什么相干？'上尉答道，'一切由我承担。我曾担任过五场决斗的保人，所以知道如何处理这种事。事情的方方面面我都成竹在胸，只求你别节外生枝。吓他一下有什么不好？但是，除非万不得已，何必要拿自己的生命去冒险呢？……'就在这时我冷不防进去了。他们突然鸦雀无声。我们的谈判持续的时间相当长；最终我们做出如下决定：距此五俄里左右，有一处人迹罕至的峡谷；他们明晨四时到那里去，我们比他们晚半个钟头；你们双方对射相距六步——葛鲁希尼茨基本人要求这样。死者白死，把账记在切尔克斯盗匪名下。现在该谈谈我的疑心了：他们，即那两位决斗保人，大概多少改变了一下原来的算计，有意识给葛鲁希尼茨基的手枪中装上子弹。这多少有点谋杀的意思，但是战争时期，尤其亚细亚战争中，照理是兵不厌诈的；看来，只有葛鲁希尼茨基比他的同伙高尚一些。您意下如何？我们是不是应该向他们挑明，就说我们已经看透了他们的用心呢？"

"无论如何也不要那样，大夫！您就安之若素吧，我不会让他们得手的。"

"您如何打算？"

"这是我的秘密。"

"小心别让他们得逞……要知道相距六步呀！"

"大夫，我明天四点等您；马会备好的……再见。"

我把自己反锁在自己房间里，一直在家待到黄昏。随从来让我去公爵夫人家——我吩咐他去回话，就说我病了。

夜里两点……难以成眠……但最好是能够入睡，以免明天手会颤抖。其实，相距六步枪要打瞄也难。啊！葛鲁希尼茨基先生呀！您的捣鬼弄玄是不会奏效的……我们的处境将会来个调换：现在我不得不在您那张苍白的脸上，找出您难以启齿的惧怕的迹象。您为什么自己把距离限制为让人劫数难逃的六步呢？您以为我会俯首帖耳地把自己的脑门送给您呀……可是我们会抓阄的呀！……不过到了那时……到那时万一他的运气比我好该怎么办呢？万一我的吉星最终不再高照了呢？……那也并非不可思议，因为它忠心耿耿为我刁钻古怪的行为服务已经很久了；高悬九重，不会比在人间的服务更为天长日久而忠心依旧的。

那又如何呢？不过一死罢了！对整个世界来说，损失并不重大；再说我自己也活得百无聊赖。我——仿佛一个在舞场中打着哈欠的人，他之所以没有回家睡觉，只是因为马车没到。一旦车马齐备……那就再见啦！……

我在记忆中把历历往事重温一遍，而且情不自禁地扪心自问：我活着为了什么？生有什么抱负？啊，抱负想必曾经有过，而且上苍所赋使命想必也很崇高，因为在自己心里，我感到了我身有挽狂澜于既倒的无穷力量……然而我却没有领悟这一使命，我一味沉湎于各种无聊而下流的欲望的诱惑之中；当我从它们的熔炉中出来时，已变得又硬又冷，如同一块生铁，而高尚志趣的火焰——风华正茂的岁月，却已付诸东流，永不复返。因而从那时起，我曾经多少次充当命运那双手中的斧头呀！如同刑场上的刑具一样，我砍到了那些定遭厄运的牺牲品的头颅上，常常是并无憎恨，永远是不知怜惜……我的爱给谁都不曾带来幸福，因为为了我所爱的人，我不曾做出过任何牺牲；我是为自己才爱别人的，为了自身的满足；我欲壑难填地吞咽着她们的爱情、她们的温柔、她们的欢乐与痛苦，以此来满足心灵中一种怪僻的需求，但是无论什么时候我都未能得到满足。仿佛这样一种情景：一个人因为饥肠辘辘而四肢乏力、昏昏欲睡时，忽见面前摆满山珍海味、美味佳肴、玉液琼浆、溢香佳酿，他便一头拱住这些假想中虚幻的馈赠狼吞虎咽起来，并顿感饥渴有所缓解；然而一旦一觉醒来，幻景消失……剩下的就是倍感饥饿与绝望！

不过，或许我明天就会死去！……莽苍苍的大地上，也就再无一人会洞悉我的方方面面，里里外外。一些人觉得我比实际上差些，另一些人觉得我比实际上好些……一些人会说：他是个好人；另一些人则说：那是一个恶棍。但不管哪种说法，都有悖于事实。既然如此，还需要历尽艰难地活着吗？可你还是要活下去——出于一种好奇心：盼望着有没有什么新鲜玩意儿……何等的可笑与败兴啊！

我在 N 要塞已有一个半月，马克西姆·马克西梅奇去打猎了……只有我一人孤孤单单；我坐在窗前；乌云覆盖着座座大山，直到山脚下面；透过大雾，太阳看上去好像一个黄色的斑点。气候寒冷；风呼呼叫着，摇晃着窗外的护板……实在是无聊！我将开始继续写我的记事，那么多奇奇怪怪的事情把它断得七零八碎。

再读最后一页：简直可笑之至！我曾经想死，这是不可能的：我尚未饮尽这杯苦水，所以现在觉得，我还会久久地活下去。

在我的记忆中，往事被浇铸得多么清晰、多么突显呀！任何一处线条，任何一种色彩，都不曾被岁月磨去。

我记得，决斗前的那一夜剩下的时间里，我一分钟也没有睡。我难以长时间地写，因为一种不可思议的惶惑不安牢牢控制了我。在房中我徘徊了约有一个钟头；然后坐下来，打开了我桌上那本瓦尔特·司各特的长篇小说，名为《苏格兰的清教徒》。① 开始读得很用心，后来让那些神话般的故事情节给迷住了，便想入非非起来……莫非在另一个世界，就不会为这位苏格兰诗人这本书所给予的愉悦而给他付钱了？

天终于大亮了。我的神经放松了下来。我照了一下镜子；一种昏若蒙尘似的苍白，覆盖了我尚存痛苦失眠旧痕的面容；然而一双眼睛，尽管围了一圈咖啡色的阴影，却炯炯发亮，显得孤高自傲，不让分毫。我便自我陶醉、孤芳自赏起来。

---

① 瓦尔特·司各特（1771—1832），英国小说家、诗人，《苏格兰清教徒》主要写 1679 年苏格兰清教徒反抗英国统治者残酷迫害的一场起义，是这位作家二十七部历史小说中具有代表性的作品之一。

吩咐备马后，我穿好衣裳，跑去洗澡。浸在清凉而气泡升腾的纳尔赞矿泉水中，我感到肉体的和精神上的力量都恢复了。从浴室出来，我感到自己神清气爽，精神饱满，似乎要赴舞会一样。这样您还能说心灵不取决于肉体吗？……

　　洗澡回来，我在自己家中见到了大夫。他穿着灰色的马裤和一件阿哈鲁克短上衣①，头上戴着一顶切尔克斯人的帽子。看到他瘦小的身材竟戴上那么一顶毛烘烘的大帽子，我便哈哈大笑起来：他的脸根本没有横肉堆积的武夫派头，这么一打扮，他的脸就比平时显得更长了。

　　"您怎么愁眉苦脸的呢，大夫？"我对他说，"您不是曾经成百次地双眼不眨、面不改色地就把人打发到那个世界了吗？您就当我肝火上攻，大病在身；我也可能康复，但也可能死去；二者均合自然规律。您就尽管把我当成一名患者，他正染有您还不明白的恶病，这样，您的好奇心便会油然而起，被激发到极点；您就会在我身上做几项重要的生理观察……等待暴死不就是一种眼前正在患着的病吗？"

　　这个想法使大夫顿开茅塞，他一下子就眉开眼笑了。

　　我们骑上了马；魏尔纳两手抓起缰绳，我们就动身了。一转眼我们便飞马穿过要塞城外的村庄，进入了峡谷。一条大路弯弯曲曲，顺着峡谷向前延伸，路的一半长满了深深的杂草，而且不时被喧闹的溪流切断，要过这些溪流就得骑马蹚过水中的浅滩，让魏尔纳非常恼火的是，他的马每到水中便驻足不前。

---

　　①　一种毛质或丝绸短上衣，腰部挺括。

我不记得有比今天的天空更加蔚蓝、空气更加清新的早晨了！太阳刚刚从绿色的峰峦背后升起，便以它光芒初放的温暖，融合了夜间行将散尽的凉爽，给人间的种种感情都涂上了一种甜丝丝的倦怠；刚刚开始的一天的喜气洋洋的晨晖尚未照进峡谷；它只给两侧悬在我们上空的峭壁的顶峰镀上了一抹金黄；生长在峭壁纵深狭缝中的枝繁叶茂的灌木林，只要微风轻轻一吹，便撒给我们满身银色雨滴般的晨露。我记得，这一次我比从前任何时候都更加热爱大自然。端详宽阔的葡萄叶上颤颤巍巍并折射出万道七彩光芒的滴滴露珠，是那么趣味无穷！我的目光在力图看清雾霭蒙蒙的远方时，竟是那么贪得无厌！在那里，道儿变得越来越窄，山岩变得越发苍翠与险要，最终它们似乎重叠成一道密不透风的大墙。我们继续前进，不言不语。

"您的遗嘱写好了吗？"魏尔纳突然问道。

"没有。"

"要是您被打死了呢？……"

"继承人会自己找上门来的。"

"难道没有您想与之诀别的朋友吗？……"

我摇了摇头。

"难道天下就没有一个女人……您想给她留点什么作纪念吗？……"

"您是不是想，大夫，"我回答他说，"让我对您敞开我的心扉呢？……您知道我已不是那个岁数了，不会像年轻人那样，临死嘴里念着自己情人名字，把一绺涂有香膏或未涂香膏的头发遗交一位朋友。想到即将降临的和可能降临的死亡时，我心中只有我一人：别的人连这一点都做不到。至于明天就会把我忘掉，甚至更坏，还要把只有天晓得的一些捕风捉影的无稽之谈，硬要安在我头上的那些朋友们；至于将拥抱着别的男人来嘲笑我，以免激起他对死者的妒火的那些女人们——那就随他们的便吧！从人生的风暴中，我体验出来的只是一些理念，而没有任何感情。很久以来我的心就已如槁木死灰，全靠头脑活着。我掂量、分析自己本人的欲望与行为时，所抱的纯粹是好奇心，似乎它们与己无关。我的躯体中有并存的两个人：一个完全体现了'人'字的含意，另一个则在思考、判断着这个人；第一个可能一小时后就要与您和这个世界永别了，但第二个……第二个人……第二个人呢？您瞧，大夫，看到了吗？在右边的山岩上模模糊糊有三个人影儿？看来这正是我们的冤家对头？……"

我们便策马急急朝前赶去。

悬崖下的树丛中拴着三匹马；我们把自己的马也拴到了那里，自己沿着羊肠小道攀登，到了葛鲁希尼茨基和龙骑兵上尉以及另一位保人在那里等待我们的一块平地上。后者名叫伊凡·伊格纳季耶维奇，姓氏我一直没听到。

"我们已经恭候大驾多时了。"龙骑兵上尉冷笑一声说。

我掏出了表，给他看了一下。

他表示歉意，说他的表快了。

令人尴尬的沉默持续了几分钟；最后大夫打破了僵局，转身到了葛鲁希尼茨基跟前。

"依我看，"他说，"已经显出了双方拼搏的决心，并以此挽回了自己的荣誉，这样，先生们，您二位最好澄清误会，言归于好吧。"

"我同意。"我说。

上尉给葛鲁希尼茨基使了一下眼色，这一位便认为我胆怯了，于是摆出不可一世的架势，尽管直到现在他还面色如土呢。从我们到来以后，他第一次仰起脸来看我；但是他的目光中却有一种暴露了内心斗争的紧张不安。

"只要亮明了您的条件，"他说，"以及我能为您效力的方方面面，那就请您相信……"

"那就请听我的条件吧：您得今天当着大家的面收回对我的诽谤，并请求我的饶恕……"

"我仁慈的先生，我感到惊讶，您怎敢向我提出这样的条件？……"

"除此之外我还能向您提什么呢？……"

"那我们就决斗吧。"

我耸了耸双肩。

"也罢；不过您要考虑好，我们之间将有一人定死无疑。"

"但愿这是您……"

"可我相信反而是您……"

他颇为尴尬，满面通红，然后十分做作地哈哈大笑起来。

上尉抓起他的手，把他拉到了一边；两人压低声音嘀咕了大半天。我到这里来时完全是一种好聚好散、心平气顺的精神状态，但是眼前这一切却使我怒火顿起。

大夫朝我走来。

"您听我说，"他带着明显的不安说，"您大概忘了他们的阴谋了？……我不善于往枪里装子弹，但是这样一来……您真是一个怪人！您告诉他们，就说您知道他们的用心，他们也就不敢再……您何苦这样呢！他们会像打死只鸟一样把您打死的……"

"请您放心，大夫，片刻之后便会……我会把一切都安排得妥妥帖帖，所以他们什么便宜也捞不到。让他们在那里嘀咕吧……"

"先生们，这就没意思了！"我大声对他们说道，"决斗就像个决斗的样子，你们昨天有的是时间把话讲足讲够嘛……"

"我们准备好了。"上尉回答道。

"各就各位，先生们！……大夫，请量出六步吧……"

"各就各位！"伊凡·伊格纳季耶维奇用一种尖细的嗓音重复道。

"请原谅！"我说，"还有一个条件：既然我们将要决个死活，那我们就一定要千方百计尽量使这件事成为千古哑谜，永不外传，而且使我们的保人们不担责任。你们同意吗？……"

"完全同意。"

"那就听我细说。这面陡峭直立的悬崖上端的右侧，有块狭小的平台，你们看到了吗？从那里到下面少说也有三十俄丈，底下都是棱角如刃的石块。我俩都要站在平台的边缘上；这样即便受点轻伤也会置人于死地：这也许正中你们的下怀，因为你们自己定了这六步远的距离。哪个人受伤了，他肯定会直落崖下，摔个粉身碎骨；大夫把子弹从尸体中取出来，到时候轻而易举就可把这一暴死说成是不慎从崖上摔了下来。现在就抓阄吧，看谁先开枪。我在这里给你们把话说死，若不答应以上方案，我就不参加决斗了。"

"那好吧！"心照不宣地看了一眼葛鲁希尼茨基，他点头同意之后，上尉这么说。葛鲁希尼茨基的脸色变来变去一刻不停。我把他逼进了左右为难、举步维艰的一条死胡同。在通常情况下开枪，他可以瞄准我的脚，使我受点轻伤，以此来满足自己的报复心，又不致使自己良心上太过意不去；但是现在他可能会朝空中开枪，或是成为杀人凶手，或是最终放弃自己卑鄙下流的图谋，跟我一样要冒中弹身亡的危险。此时此刻，我真不愿处于他这种境地。他把上尉拉到了一边，开始神色慌张，心急火燎地对他讲着什么；我看到，他发青的嘴唇在瑟瑟发抖；然而上尉却带着鄙夷的冷笑背过身去。"你真傻！"他可着嗓门对葛鲁希尼茨基嚷道，"我们出发吧，先生们！"

一条羊肠小道儿穿过树丛，通上悬崖，山岩的碎块形成了这道天然阶梯踩上去晃晃荡荡的台阶；我们手抓灌木树枝，开始向上攀登。葛鲁希尼茨基走在前头，身后跟着他的保人，随后才是我和大夫。

"您真让我吃惊，"大夫紧紧握着我的手说，"让我号一下您的脉！……哎呀！跳得好快呀！……但您的脸上却没有任何反应……只是您的眼睛的闪光比通常更加明亮。"

突然，一些碎石稀里哗啦滚到了我们脚前。这是怎么回事呀？葛鲁希尼茨基跌倒了，他抓的那根树枝给拉断了，要不是两个保人扶住了他，他非仰面朝天躺在地上滑到崖下不可。

"珍重啊！"我冲着他喊道，"别事先就倒下呀，这可是个凶兆。您想想尤利乌斯·恺撒①吧！"

说罢我们就爬上了那处向外突出的山岩的顶上；那块平台上覆盖着一层细沙，仿佛特意为决斗准备的一样。四下里，群峰像一群数不过来的牲畜挤在一起，隐身在金色的晨雾里，而厄尔布鲁斯山则像一个白色的庞然大物突兀在南方，以东方匆匆飘过的白色云丝连接成串的冰峰，到这里也就到了尽头。我走到平台边上朝下一看，我的头差点就要晕了：下面酷似棺材一样，黑咕隆咚，寒气逼人；暴风雨的冲刷和星移物换遗留下来的、表面长满青苔的山岩的獠牙利齿，正等待着自己的猎物。

我们要在上面决斗的那块平台，几乎恰好是个等边三角形。从突出去的一角量出六步，并且商定，谁该首先面对敌手的射击，谁就背朝万丈深渊，站在那个角落的顶端；如果他未被打死，双方便互相调换各自的位置。

我决定把一切便利都让给葛鲁希尼茨基；我想试试他的心；他的心灵中宽宏大量的火花可能复燃，到那时一切都会逢凶化吉，遇难呈祥；但是自尊心和性格中的弱点必将占上风呀……倘若命运慈悲为怀，我便会使自己有充分的权利对他毫不宽容。谁没和自己的良心订过这样的契约呢？

"抓阄吧，大夫！"上尉说。

———————

① 尤利乌斯·恺撒（前 102 或前 100—前 44），古罗马统帅、政治家、作家。曾率军征战埃及、小亚细亚及欧洲许多地方，公元前 46 年任终身独裁官、终身保民官，兼领大将军。公元前 44 年被布鲁图、卡西乌等人谋杀。据历史学家说，他死前曾有一系列恶兆，包括去开会途中失足跌倒。

大夫从袋中掏出一枚银币，把它高高举起。

"背面！"仿佛被善意的推搡惊醒了似的，葛鲁希尼茨基慌忙喊道。

"鹰面①！"我说。

银币旋转升起，随后当啷一声落下；我们一齐扑了过去。

"您交了好运，"我对葛鲁希尼茨基说，"由您先开枪！但您记住，如果您打不死我，我的枪可不会射不中的——我敢做此保证。"

他的脸红了；他羞于打死一个手无寸铁的人；我目不转睛地看着他，约有一分来钟，我感到他眼看就要扑到我的脚前，恳求我的宽恕了，但是怎样承认如此见不得人的阴谋呢？……他剩下的只有一手——朝天开枪；我相信他会朝天开枪的！有一点能使他难以决断，就是想到我会要求再次决斗的念头。

"到时候了！"大夫拉了下我的袖子，悄悄对我说，"要是您现在不说我们了解他们的图谋，一切可就完了。您看，他已在装子弹……如果您什么话也不说，我只好自己……"

"无论如何别那样，大夫！"我紧紧拉住他的胳膊，回答说，"那样您会把一切都毁了的，您曾向我保证不加干涉的……与您有什么相干呢？也许我想让他打死呢……"

他大惑不解地看了我一眼。

"噢，这就另当别论了！……只是阴曹地府中可别怪我……"

这时上尉把自己带来的枪装好子弹，递给了葛鲁希尼茨基一

---

① 鹰面，即帝俄国徽，为银币正面。

支，笑眯眯地悄声对他说了点什么；另一支给了我。

我站到了平台的角上，左脚用力踩着一块石头，身子微微向前倾斜，以免受了轻伤后仰面倒下。

葛鲁希尼茨基站到了我的对面，并按照一个信号举起了手枪。他的双膝在瑟瑟颤抖。他直对着我的脑门儿在瞄准……

一种难以形容的狂怒在我胸中油然而起，激荡汹涌。

他突然垂下枪口，面色如土，转身面对自己的保人。

"我不能开枪。"他嗓音低沉地说。

"胆小鬼！"上尉答道。

枪声响了。子弹划破了我的膝盖。我身不由己地向前踉跄了几步，以便尽快离开悬崖的边缘。

"嘿，葛鲁希尼茨基老弟，很遗憾，你打偏了。"上尉说，"现在轮到你了，站到那里吧！先拥抱一下：我们再也见不到了！"他们抱在一起；上尉使劲忍着，总算没笑出来。"不用怕，"他诡谲地看了葛鲁希尼茨基一眼，补充说，"世间万物，纯属虚妄！……人的秉性——愚昧无知，人的命运——苦如黄连，而人的生命——分文不值！"

说完这句带有悲剧色彩的、说时满脸庄重严肃的话以后，他回到原地；伊凡·伊格纳季耶维奇眼泪纵横地拥抱了葛鲁希尼茨基，现在就只剩下他一人站在我的对面。直到现在我还在力图给自己解释，当时是一种什么心情在我胸内上下翻腾：里面既有一颗受到伤害的自尊心的恼怒，又有鄙视，还有见了仇人之后的分外眼红——只要想到现在如此成竹在胸，如此目中无人地望着我的这个家伙，两分钟之前曾经胜券在握似的，想要杀死一条狗一般置我于死地，因为只要我腿上的伤稍微重点，我就毫无疑问会坠崖而死——一想到这，我就怒火中烧。

我盯着他的脸看了几分钟，想用心察看到他心有悔恨的蛛丝马迹。但我感到他在强忍窃喜，以免笑容外露。

"奉劝您死前向上帝做个祷告。"于是我就对他说。

"与其关心我的灵魂，还不如多关心一下自己的灵魂。我只求您一点：尽快开枪。"

"这么说，您不肯收回自己的诽谤啦？不请求我的宽恕啦！……好好想想吧：良心就不提醒您些什么吗？"

"毕巧林先生！"龙骑兵上尉大喝一声，"您并不是到这里听人忏悔的，我谨提醒您……快点结束吧；万一有人飞马路过这条峡谷，定会看见我们的。"

"好吧。大夫，过来。"

大夫走了过来。多么可怜的大夫呀！他的脸比葛鲁希尼茨基十分钟以前还要苍白。

我好像在宣判一纸死刑判决书似的，故意把下面的话说得顿挫分明，语调高昂，一字一句都清清楚楚。

"大夫，这几位先生想必是匆匆忙忙，忘了给我的枪里装子弹了；请您重新装上，而且还要装得万无一失！"

"不可能！"上尉喊道，"不可能的！两支手枪我全装了，莫非您枪里的子弹掉出来了……这可不怪我呀！而您也没有权利重新装上子弹……毫无权利……这根本不合规则，我不许您……"

"好哇！"我对上尉说，"既然如此，那我就同您在同样的条件下决斗喽……"

他不知如何是好。

葛鲁希尼茨基站在那里，耷拉着脑袋，感到无地自容，而且神情忧郁。

"别管他们！"他见上尉正从大夫手中夺走我的枪，终于对他说道，"……要知道你自己明白，他们做得对。"

上尉徒劳无益地给他挤眉弄眼，打着手势——葛鲁希尼茨基连看都不看一眼。

此时大夫把装好了子弹的枪递给了我。

看到这些，上尉吐了一口唾沫，并在地上跺了一脚。

"你活活一个傻瓜，老弟，"他说，"愚不可及的傻瓜！……既是依赖我，就要言听计从……你这是自作自受！那你就像只呆头呆脑的苍蝇一样送命去吧……"他转过身去，一边走，一边嘟哝道，"不过这毕竟是完全不合规则的。"

"葛鲁希尼茨基！"我说，"眼下还为时不晚；收回自己的诽谤吧，这样我就会宽恕你的所作所为。您想愚弄我未能得逞，我的自尊心也因而得到满足：别忘了，我们当初曾是朋友呢……"

他的脸涨得通红，两眼射出光芒。

"开枪吧！"他答道，"我自暴自弃，自轻自贱，但我恨您。您要是打不死我，我夜里就会从阴暗的角落中出来捅死您。您我两人现在已是不共戴天了……"

我开了枪……

当硝烟散去时，那块平台上已无葛鲁希尼茨基的身影，仅有淡淡一柱尘埃在悬崖边缘袅袅腾起。

所有的人都众口一词发出一声高喊。

"Finita la comedia!"[①] 我对大夫说。

他没有回答，而是惊恐万状地背过身去。

我耸耸双肩，与葛鲁希尼茨基的保人躬身作别。

沿着羊肠小道下山时，在山岩的两片陡刃之间，我看见了葛鲁希尼茨基血肉模糊的尸体。我情不自禁闭上了眼睛……

我解开马缰，骑马款款朝家里走去。好像一块石头压在我的心上，太阳在我眼前昏暗了，它的光芒并未给我带来温暖。

还没走到要塞外面的村庄，我就顺着峡谷朝右走去。万一见人我会感到十分难堪的：我愿一人独处。我松开马缰，低垂脑袋，骑马走了许久，最后才在一个从未涉足的地方醒悟过来；我掉转马头，开始寻觅回家的道路；当我人困马乏走近基斯洛沃茨克时，红日已经西沉了。

我的仆从告诉我，魏尔纳到家里来过，说着递过两封便函：一封是他写的，另一封……是维拉写的。

我拆开了第一封，它的内容如下：

> 事情处理得十分圆满：弄回来的尸首摔得血肉模糊，子弹已从胸中取出。所有的人都相信，他的死因是一次偶然遇难；只有要塞司令，他想必知道你们之间的争吵，所以听罢摇了摇头，不过什么话也没有说。让您为难的证据一点都找不到，所以您可以高枕无忧了……如果您能高枕无忧的话……再见了……

---

① 意大利语，意为：戏剧演完了！

我久久不敢把第二封便函拆开……维拉会给我写些什么呢？……一种沉重不安的预感使我的心震荡不定。

这不，这就是第二封信，里面的一字一句都不可磨灭地铭刻在我的记忆之中的那一封信：

我给你写这封信时，心中坚信不疑：我们无论什么时候都不会再见面了。数年前和你分手时，我曾怀有同样的想法；然而天公却有意再考验我一次；我经受不住这种考验，我软弱的心又一次在那熟悉的声音面前低下了头……你不会因此而小看我，不是吗？这封信将既是辞别，又是自白：我必须把自打我这颗心爱你以来，里面积攒起来的千言万语统统告诉你。我不会怪罪你的——你对我的所作所为，与其他所有的男人一样：你把我当作自己的财产一样来爱我，把我当成相互转化的、离了它们生活就会枯燥乏味的那些单调的欣喜、惊恐、惆怅的源泉来爱我。这我一开始就知道……但是你却生活得不幸福，我也曾做出自我牺牲，指望着有朝一日你会赏识我的牺牲，也许将来你能体会到我内心深处的、对外部的一切都无动于衷的那种温顺、柔情。从那时以来，岁月迢遥，我把你内心的秘密全都洞察得清清楚楚……于是深信不疑：我的那些指望纯属枉然。我好痛苦啊！但是我的爱情与我的心灵是合二而一的：它虽黯然失色，却不会熄灭。

我们即将永别；不过你可以相信，我任何时候都不会再爱别的男人了：我的心灵已把自己所有的宝藏、自己所有的眼泪、自己的全部希望都毫无保留地花在了你的身上。一个女人一旦爱上了你，她看待别的男人就不会不怀有一些鄙薄，并非因为你比他们好，噢，不是的！而是你的天赋之中有着与众不同的、唯你独有的一种可以引以为自豪的神秘莫测的东西；在你的声音中，无论你说什么，都有一种无敌于天下的威严；无论谁都不会如此天长日久地希望别人爱他；无论谁的凶相怒容都不会那么让人动心；无论谁的青睐都不会给人那么多的欢乐；无论谁都不会像你那么自如地运用自己的优势；无论谁都不会像你那样实实在在的不幸，因为无论谁都没有像你那样，如此不肯尽力劝说自己相信与自己相反的看法。

现在我该说清楚我匆匆离开这里的原因了；也许在你眼里这是不足挂齿的，因为它仅仅涉及我一人。

今天一大早，我丈夫进来找我，给我讲了你与葛鲁希尼茨基的那场争吵。可想而知，我的脸色当时一定变得很厉害，因为他盯着我的眼睛看了很久；一想到你今天就要决斗，而我正是这场决斗的起因时，我差一点晕倒在地；我感到我马上就要丧失理智了……但是现在，当我能判断是非曲直时，我相信你还活着：没有我，你是不可能死的，不可能！我丈夫曾在房内久久徘徊；我不知道他对我说了些什么，也不记得我如何回答……或许我告诉了他我爱你……我只记得我们的谈话快要结束时，他臭骂了我一通出去了。我听见了，他在吩咐套车……这不，都三个钟头了，我坐在窗前等你回来……你还活着，你不会死的！马车都快备好了……再见，再见了……我要死去了，但那有什么呢？要是我能相信你会永世记着我该多好啊——且不说永世爱我——不，只要记着我，我就万幸了……再见了，他们来了……我得把信藏好……

你不爱梅丽，不是吗？你不会娶她吧？听我说，你应当为我忍受这一牺牲：我为你已抛弃了人间的一切……

我疯疯癫癫地一步跨上台阶，纵身骑上自己那匹已经牵进院中的切尔克斯马，急若星火，快马加鞭，沿大道朝皮亚季戈尔斯克奔去。我冷酷无情地抽打着已经筋疲力尽的马，它打着响鼻，喷溅得满身涎沫，驮我沿着石头大道迅猛奔驰。

太阳已藏入在西天山脊上歇息的如墨似漆的乌云里，峡谷中变得黑沉沉而且湿漉漉的。波德库莫克河流经石滩，发出低沉而单调的呜咽。我急速奔驰，急得喘不过气来，担心在皮亚季戈尔斯克见不到她，这念头重锤似的敲打着我的心！……哪怕只是一分钟，哪怕只是一分钟，哪怕只是再给我一分钟，让我见她一眼，与她告个别，握一下她的手……我祷告，咒骂，哭，笑……不成，无论什么都表达不出我的不安和绝望！……当永远失去维拉的可能就在眼前时，她在我心中变得比普天下所有的东西都更可珍贵——贵过生命、荣誉、幸福！天晓得我的头脑中冒出的是些如何古怪的、如何癫狂的胡思乱想呀……不过我一直都在不停地狠心催马，飞速奔驰。于是我已渐渐看出，我的马呼吸越来越沉重了；在平展展的道路上，它已两次失蹄……但离哥萨克镇——叶先图基却还有五俄里，在那里我才能换乘另一匹马。

要是我的马再有力气走十分钟，一切都还有救！然而从山里出来时，要上一个不大的沟坎，转的弯一陡，它就猛地摔在了泥地上。我当即跳下马，想把它拉起来，抓住马缰拉——已毫无用处：从它紧咬的牙缝中，传出一声难以听清的呻吟；又过了几分钟它便断气了；我失去了最后一线希望，只身孤影沦落在荒原上；我试着徒步行走，但是两腿却难以直立；由于白天提心吊胆和夜间的失眠折磨得难以忍耐。我一头倒在湿漉漉的草地上，像个小孩子一样哭了起来。

随后我久久地一动不动地躺在地上，伤心地哭着，一任眼泪流淌和大放悲声而不加克制；我想，我的胸膛定会撕裂；我所有的刚强，我所有的冷静，都如同烟消云散一样消失了。我的精神一蹶不振，我的理智已经丧失，所以谁要是在这个节骨眼儿上看到我，他定会嗤之以鼻，不屑一顾。

当夜里的露水和山间的风使我发热的头脑得以清醒，思维恢复正常后，我心里就明白了，追求已经失去的幸福是无益的，而且也是不理智的。我还想要什么呢？想见她一面？见她干什么呢？我们之间的一切不是都已结束了吗？一次苦涩的离别亲吻不会使我的回忆更加丰富，反而会使吻后的分别更加艰难。

不过，我倒为我哭得出来而高兴！其实，之所以眼泪纵横，也许与精神失常、度过的那个不眠之夜、有两分钟面对着枪眼和饥肠辘辘等有关。

天下万物，祸福相随，否极泰来！这次新的苦难，套用一个军事术语，在我身上完成一次成功的声东击西，迂回作战。哭泣对健康大有裨益；另外，假若我不是骑马长途跋涉，而且在归途中又被迫徒步行走十五俄里的话，那么这一夜想必欲睡也难以合眼。

凌晨五点，我回到了基斯洛沃茨克，一头栽到了床上，像拿破仑在滑铁卢大战之后那样一睡不醒①。

一觉醒来，外面天已经黑了。我在洞开的窗前坐下来，敞开自己的短上衣，阵阵山风吹来，我那即使困乏之后的沉睡也未能心平气顺的胸腔，此时觉得分外清爽。河那边很远的地方，透过把河水遮掩得影影绰绰、模糊不清的浓密的椴树树梢，要塞和它外面的村镇建筑物中已经亮起了灯光。我们的院里仍然静悄悄的，公爵夫人家里一片漆黑。

大夫这时突然进来了；他蹙额锁眉，忧心忡忡；他一反往常，没有向我伸过手来。

"您去哪儿了，大夫？"

"去里戈夫斯卡娅公爵夫人那里了。她的女儿有病——神经衰弱……问题倒还不在这里，而在于：上级疑神疑鬼，东猜西猜，所以，尽管什么也证实不了，但我还是劝您小心谨慎为好。公爵夫人今天对我说，她知道您是为她女儿而决斗的。事情的前前后后，那个老头儿都和盘托出告诉了她……那个老头儿倒是叫什么来着呀？他是您和葛鲁希尼茨基在饭店吵架的一个目击者。我是来提醒您一下。再见了。也许咱们再也见不着了，会把您流放得远远的。"

走到门口他又站住了。他想握一下我的手……当时，假若我

<hr />

① 1815年拿破仑在与他的帝国命攸关的滑铁卢大战惨败之后，据说，他曾一觉睡了一昼夜半。

稍微流露出这种意愿，他就会扑过来抱住我的脖子；可我依旧心如铁石，不为所动——他就出去了。

人们就是这副嘴脸！他们都是一路货：事先就知道某一行为的种种卑劣之处，然而出于无可奈何，他们便又是帮忙，又是献策，甚至喝彩叫好，但随后却文过饰非，洗刷自己，并义愤填膺地抛弃勇于承担全部责任的那个人。所有的人都是这样，哪怕最善良、最聪明的人也无不如此！……

第二天早晨，接到上级调我赴N要塞的命令后，我便去向公爵夫人辞行。

她当时十分吃惊，因为她问我有无极其重大的事情告诉她时，我却只是说了祝她幸福，云云。

"不过我却需要与您郑重其事地谈谈。"

我一言不发地坐下。

很显然，她不知该从哪里谈起；她的脸红得发紫，虚胖的手指敲击着桌面；终于，她以一种若断若续的声音，说了这么一句开场白：

"是这样，毕巧林先生！我觉得，您是一位品格端正的人。"

我躬身致谢。

"我对此甚至确信不疑，"她继续说，"尽管您的行为多少有些让人纳闷；不过您可能有一些我所不知的原因，这一些，您现在该把我当作自己人把它们全掏出来了。您曾捍卫我女儿的声誉，使其免遭诽谤，为她而进行决斗——不用说，这是舍生忘死的……不必回答了，我知道这件事您不会承认的，因为葛鲁希尼茨基死了（她画了个十字）。上帝会宽恕他的，但愿也会同样地宽恕您！……这与我无关，我不敢责备您，因为我的女儿虽然并非心存恶意，然而毕竟是这件事的起因。她把一切都对我讲了……我想是全都讲了：您向她吐露了自己的爱情……她已向您承认了自己的爱情（说到这儿，公爵夫人长叹一声）。可是她现在病了，而且我相信这不是一般的病！内心深处的忧郁会毁了她的；虽然她矢口否认，但是我相信，您是她这场心病的病因……您听我说，您也许以为，我是在寻找为宦做官之人，在寻求万贯家产——请别这样想！我仅仅希望女儿幸福。您现在处境不佳，但是总有柳暗花明那一天的：您有自己的身份；我女儿爱您，她受的教养，使她能够让丈夫生活得幸福——我很富有，只有这一个独生女儿……说吧，什么事让您如此棘手，难以决断？……您看，我本不该对您说这一席话的，不过我信得过您的心、您的人品；别忘了：我就这个独生女……就这一个……"

她哭了。

"公爵夫人，"我说，"我很难回答您，请允许我和您女儿单独谈谈……"

"别想！"她暴跳如雷地站起来，厉声叫道。

"悉听尊便。"我一边回答，一边往外走。

她想了一下，给我打了个手势，要我稍等一下，就出去了。

时间过去了五分来钟，我的心跳得十分厉害，然而心绪沉稳，头脑冷静；尽管我苦苦搜索，想在心里找到哪怕对可爱的梅丽的一点一滴的爱意，可是苦思冥想，一无所获。

这不，门开了，她突然出现在面前。我的天！分别这些日子，她的变化之大，恍若隔世——莫非时隔多年了？

走到房中间，她踉跄了一下；我急忙站起来，伸手把她扶到沙发上。

我站在她的面前。我们久久沉默不语。她那双满含着难言愁苦的大眼睛，似乎想在我的眼中找出某种近乎希望的那种东西；她苍白的嘴唇想强作微笑却难以做到；她交叉在膝头的那双软绵绵的手那么枯瘦和苍白，看了使我对她怜悯起来。

"郡主，"我说，"您知道我以前那是拿您开心吗？……您应该鄙视我才对。"

她脸上一阵病态的潮红。

我接着说：

"照理说，您不该爱我……"

她背过身去，肘撑桌子，一手掩面，我看到两只眼里泪花闪闪。

"天呀！"她含糊不清地说。

这真让人受不了；再过一分钟，我简直要跪到她的脚前了。

"这不，您自己看到了，"我尽量以镇定自若的口气，而且带着苦笑说，"您自己看到了，我不能和您结婚，即便您现在想结，您很快也会后悔的。我与令堂大人的一席交谈，使我不能不把话说得如此明白无误，如此不拘言辞；但愿她是疏忽失言：您定能轻易使她收回成命，另作打算。您看到了，在您的眼里，我扮演了一个可怜而又可恶的角色，我甚至对此供认不讳；这就是我能为您做到的一切。无论您把我想得多么丑恶，我都听之任之……看到了了吗？我在您的面前十分卑微。即便您过去爱过我，从此以后也会把我视若草芥，低人一等的。不是吗？……"

她转过身来，面色苍白，宛若一尊大理石的雕像，唯有她的两只眼睛奇异地炯炯发光。

"我恨您……"她说。

我道了谢，毕恭毕敬地鞠了一躬，走了出去。

一小时后，一辆驿站的三套马车拉着我，飞快地出了基斯洛沃茨克。在离叶先图基几俄里的大路边，我认出了自己那匹剽悍大马的尸体；马鞍被摘去了，想必是过路的哥萨克干的，于是马背上原本备鞍的地方，却落着两只乌鸦。我长叹一声，转过身去。

而现在，在这里，这座百无聊赖的要塞里，每当回忆往事，我常常反躬自省：我为什么不想踏上命运为我开辟的这条道路呢——平静的愉悦和心地的泰然正在途中对我翘首以待呀！……不，对命运的这种安排我不会随遇而安、甘心情愿的！我好像在海盗船板上出生并长大成人的水手一样：他的心对大风大浪和血腥厮杀已经习以为常了，一旦被抛到岸上之后，不管葱翠的绿荫如何撩惹，不管和煦的太阳如何给他光明，他总感到百无聊赖，苦不堪言；他整日沿着岸边的沙滩跋涉，谛听涌向岸边的那些浪涛单调乏味的絮语，并且凝视着雾霭沉沉的远方，看看分开碧蓝的旋涡与灰色云团的天际，有无那面期待已久的白帆——起先宛若海鸥的一只翅膀，随后渐渐甩掉波涛的飞沫，平平稳稳驶向人迹罕至的码头的那面白帆……

三　宿命论者

一个偶然的机会，使我在左翼一个哥萨克村子里度过了两周；那里驻扎着一个步兵营；军官们相互轮流着在各家聚会，一连几夜地打牌。

有一回，波斯顿牌我们玩得不耐烦，把牌扔到桌下，在S少校家里闲坐而乐不思归，一待待了许久许久；一反往常，聊天变得能够引人入胜，大家七嘴八舌地议论着，说是有一种伊斯兰教的传说，似乎人的命运天上都有明文记载，即使在我们这些基督徒中也能找到很多善男信女；每个人都讲些形形色色的奇闻怪事，以表示 pro① 或是 contra②。

"所有这些，诸位，什么也说明不了，"一位上了岁数的少校说，"你们证实自己观点时引用的那些稀奇古怪的事例，你们可是谁也没有亲眼看见过不是？"

"当然，谁也没有目睹，"很多人都说，"但是我们是从靠得住的人的口中听到的呀……"

"全是胡诌八扯！"有人说，"看见过明文记载我们寿限名册的那些靠得住的人在哪里呀？……再说，假若确确实实有命中注定的气数，那还赋予我们意志和理智干什么？我们为什么还得为

---

① 拉丁语，意为：赞同。

② 拉丁语，意为：反对。

自己的行为担责任呢？"

这时坐在房内角落的一位军官站起身来，然后徐步走到桌前，用沉稳而庄重的目光扫了一眼在座的人。他是塞尔维亚人，一看他的名字就明白无误了。

乌里奇中尉[①]的外貌与他的个性十分相符。魁伟的身材，栗色的面庞，乌黑的头发，乌黑而洞察一切的眼睛，显示民族属性的硕大却又端正的鼻子，始终浮现在双唇的悲愁的、勉强的苦笑——这一切融为一体，似乎专就为了赋予一个生灵以外貌，来显示他的与众不同，来显示他与命运赐他充作战友的这些人的思想和欲望难达共识。

他很有胆量，言语不多，却掷地有声；无论对谁都不会吐露自己埋藏心底的和家里的秘密；酒几乎一滴不沾，对年轻的哥萨克姑娘——她们的美貌您看不见，简直就不可理解——他从不追求。可是据说团长的太太对他那双意蕴无限的眼睛却并非无情；然而谁对此若有旁敲侧击，他发起火来可不是闹着玩的。

只有一种嗜好他不隐瞒，这就是打牌上瘾。往铺有绿绒的牌桌前一坐，他便把一切都忘得一干二净，而且通常总是赌输；但是常打常输只能激起他死不罢休的那种倔劲。听说有一次部队远征打仗，夜里他在车里的坐垫上坐庄发牌；他手气好得要命。这时突然响起枪声，响起了警报，所有的人都立即起身，跑去抓枪。"下注——注呀！"乌里奇仍未起身，而是向一个最为入迷的赌友

---

① 在手稿中，这里莱蒙托夫用的是自己的老相识、近卫军骑兵中尉伊万·瓦西里耶维奇·乌里奇的姓"乌里奇"。

大喊一声。"七点。"那位一边拔腿，一边回答。尽管四周一片慌乱，乌里奇还是发完了一圈；最后结果出来了。

他到散兵线时，双方射击已经十分激烈。乌里奇担心的既不是车臣人的子弹，也不是他们的军刀：他要寻找的是自己那位幸运的赌友。

"最后结果就是七点！"终于在前哨散兵线上见到了那个赌友时，他便大声嚷嚷起来。那些人刚要把敌人挤出树林，他走了过去，掏出自己的钱包与钱夹，把它们交给那个幸运者，也不顾后者抱怨这里不是交钱的地方。完成这个令人不快的责任后，他冲在前面，率领着战士神色自若、稳扎稳打地与车臣人展开对射，直至战事结束。

乌里奇中尉一走到桌前，在座的全都鸦雀无声，等着看他拿出什么别出心裁的奇谈怪论。

"先生们！"他说（说话的声音十分平静，连调门也比一般的人低），"先生们，做这些无谓的争论干什么呀？各位想要证据，我建议各位拿自己试试，看看一个人是否可以随心所欲地安排自己的命运，看我们每个人的寿限是否事先已经算定了……谁想试试？"

"我不必了，我不必了！"话声四起，"好一个怪人！想出这个鬼花招儿！……"

"我建议打个赌。"我开玩笑说。

"什么赌？"

"我断定没有寿限，"我说着，同时把二十个金币掏出放到了桌上，"我口袋里就有这些了。"

"我来赌，"乌里奇声音低沉地回答，"少校，您做中人；这是十五个金币，另外您还欠我五个，所以您给我个情，把它补到这上头来。"

"好呀，"少校说，"不过我不明白，真的，问题在哪里？你们如何解决争执？……"

乌里奇不声不响地进了少校卧室，我们紧随其后。他走到挂着武器的那面墙前，接着伸手就从钉子上面挂着的不同口径的手枪中摘下了一支；我们仍然没弄明白他的意图；可是当他扳起枪机，把火药装入药池时，很多人不禁大叫一声，一把拉住了他的手。

"你要干什么呀？告诉你，这叫犯浑！"大家嚷嚷道。

"先生们，"他抽出自己的手，慢条斯理地说，"谁肯替我交付二十个金币？"

所有的人都哑口不语，从他身边走开。

乌里奇进入另一个房间，坐到了桌前；所有的人也跟他到了桌前，他使了个眼色让我们在近旁坐下。我们二话不说遵从了他的吩咐，因为这时他对我们已经具有一种神秘莫测的威严。我盯住他的眼睛看了一眼；但他却以泰然自若和不露声色的目光来迎接我注目打量的眼神，他苍白的双唇还露出了微笑；然而，尽管他故作镇静，我却觉得，我还是在他苍白的脸上察觉出了死的迹象。我说过，而且许多老兵也都支持我这种看法，即在一个几小时后行将死去的人的脸上，常会出现预示着劫数难逃的那种稀奇古怪的迹象，历尽沧桑的人是很难看错的。

"您今天会死的！"我对他说。他猛地转过身来，不过回答却慢条斯理，不慌不忙：

"可能是，也可能不是……"

然后，面向少校问手枪装没装子弹。慌乱之中，少校没有记清。

"好了，乌里奇！"有人喊道，"无疑装了，既然挂在床头；开什么玩笑呀！……"

"蹩脚的玩笑！"另一个人附和道。

"我拿五十卢布对五卢布打赌，手枪没有装弹！"第三个高声叫道。

这又形成一场新的赌局。

我对这种冗长的过场感到腻味。

"这样吧，"我说，"要么开枪，要么把枪挂到原处，然后我们就去睡觉。"

"一点没错，"很多人都大声喊着，"让我们睡觉去吧。"

"先生们，请求各位原地不动！"乌里奇把枪口对准脑门说。所有的人见此都呆若木鸡。

"毕巧林先生，"他补充说，"拿起那张牌抛吧。"

我现在还记得，我从桌上拿了一张红桃爱司，朝上一抛：所有的人都屏住了呼吸；所有的眼睛，都流露出害怕和一种心神不定的好奇心，从枪口迅速移到了红桃爱司，见它在空中噗噗啦啦地响着，慢慢落了下来；就在它碰到桌子那一刹那，乌里奇扣了扳机……枪打哑了。

"感谢上帝！"很多人发出惊呼，"没有装弹……"

"不过我们得看一下。"乌里奇说。他再次扳起枪机，瞄准挂在窗子上方的一顶军帽；枪声响了——房间内硝烟弥漫。硝烟散去，人们摘下了那顶军帽；帽子正中被打了一个窟窿，子弹深深嵌入墙中。

约有三分来钟，谁也说不出话来；唯有乌里奇安之若素，把我的金币装入他的钱袋。

于是，对于枪第一次为什么没有打响之事注家蜂起；一些人认定，想必药池不通，另一些人窃窃私语，说是原来的火药是潮湿的，后来乌里奇又装了新火药；但是我一口咬定，后一种猜测有失公允，因为我的眼睛自始至终都没有离开那支手枪。

"您打起赌来手气真好。"我对乌里奇说。

"生平第一次，"他踌躇满志地微笑着，答道，"这比赌斑卡牌和什托斯牌都好。"

"不过也稍微危险一些。"

"怎么啦？您开始相信起气数来啦？"

"信，只是现在说不清怎么回事，我感到今天您必死无疑……"

刚才还视死如归地拿枪对准自己脑门的这一位，现在听了我一说，却顿时满脸通红，惶惶不安了。

"话到此处为止！"他说着站起身来，"我们打的赌已经完了，所以您的见解我看已派不上用场……"他抓起帽子就走了。这使我感到十分蹊跷，而且，也不会是无缘无故的！……

很快人们就各回各家，谈起乌里奇的怪僻大家见仁见智，但指摘起我这个自私自利之徒来，想必是异口同声的，因为我竟去激一个想要自杀的人跟自己打赌；好像没有我，他就找不到成全自己的机会似的！……

我沿着村里一条条寂静无人的胡同往家走；一轮圆圆的、红彤彤的月亮，宛若一抹大火的反光，慢慢升上参差错落的万家房顶；满天星斗在深蓝的穹隆上悄然无声地闪耀；这时我不禁哑然失笑，因为我想起当初那些才智过人的俊杰，竟然认为天体三光①会参与我们为了巴掌大的一片土地，或是为了一些虚假的权力而引发的微不足道的纠纷！……从何说起呢？这些，照俊杰们的话说，专为照耀他们厮杀鏖战与得胜还朝才点燃的天灯，现在虽然仍旧光耀如初，但是它们的激情与期望，却早已与他们一起烟消火灭了，就像一位疏忽大意的云游僧在林边点燃的那一星火苗一样！然而，万里长空和它下面不计其数的男男女女，却都怀着不言不语而又始终如一的同情看着他们——对此笃信不疑，给了才智过人的俊杰们多么坚强的意志呀！……可我们，他们这些可怜的后代们，在大地上天南地北地辗转迁徙，却没有信念与自豪，没有欢乐与担忧，只是在意识到不可避免的生命终结时才有那么一种难以自持的、钳制心灵的害怕，我们不能再做出伟大的牺牲，不论是为了全人类的利益，或者，甚至为了我们自己的幸福，因为我们知道幸福难以实现，于是漠不关心地从怀疑走向怀疑，就像我们的祖先从迷途奔向迷途一样，像他们那样，既不抱着希望，也不享有心灵在与人或命运进行各种斗争中所遇到的那种欢快，哪怕飘忽不定却也名副其实的那种欢快……

还有许多诸如此类的想法在我头脑中一晃而过；我都没把它们留下来琢磨，因为我不喜欢陷入某种抽象思维中裹足不前。再

---

① 三光，指日、月、星。

说，这能得到什么结果呢？……血气方刚时我曾是一个幻想家，我爱朝三暮四，对骚动不安的和漫无止境的想象给描绘出来的形象依次亲近：一会儿亲近心情抑郁的，一会儿亲近心情开朗的。然而这给我留下了什么？只有夜里同睡梦中的妖魔苦苦争战后的那种疲劳，以及充满遗憾的、模糊不清的回忆。在这种徒劳无益的搏斗中，我既把心头的热情，又把现实生活中必不可少的坚忍不拔都消磨得干干净净；我所步入的正是心里苦苦体味过的那种生活，于是我就感到无聊与腻味，就像一个人，他早已熟读过一部作品，再硬着头皮来读它的拙劣抄袭本时的心情那样。

那天晚上发生的事情给我留下了极为深刻的印象，而且使我的神经受到刺激；我说不准，现在我对气数信还是不信，但是那天晚上我对它是坚信不疑的，因为铁证如山，所以我尽管讥笑我们的先人和他们迎合人心的占星术，却不由自主地重蹈了他们的旧辙；不过我在这条危险的道路上及时地悬崖勒马了，而且本着既非对什么都一概不信，也非对什么都盲目相信的原则，抛却虚无缥缈的非分之想，低头看看自己脚下的道路。这种谨慎小心还真的用在了节骨眼儿上：我绊住了一团厚墩墩的、软绵绵的东西，使我差一点摔在地上。不过看起来不是个活东西。我低下身去——当时月光已直接照在路面上——看是什么东西。面前躺着一头被军刀一劈两扇的死猪……我刚刚把它看清，就听见一阵乱糟糟的脚步声：两个哥萨克从胡同里跑出来，一个走到我身边，问道，看没看见一个醉醺醺的哥萨克在追一头猪。我向他们说明，没有碰上哥萨克，并把他大胆妄为的不幸刀下鬼指给那个人看。

"好个强盗！"第二个哥萨克说，"奇希里红葡萄酒一喝醉，见到什么他都要砍个稀巴烂。咱们追他去。叶列麦伊奇，得把他捆起来，不然的话……"

他们走远了，我则小心翼翼地继续走自己的路，而且终于顺利地走到了自己的住处。

我的房东是个上了岁数的哥萨克军士，我喜爱这位长者，他脾气随和，更有一个好看的女儿纳斯嘉。

她像往常一样，身裹皮袄，倚靠柴门等我；月光照亮了她妩媚的让深夜的寒气冻得发青的双唇。认出我后，她莞尔一笑，但我却顾不上她。"再见，纳斯嘉！"我说着就从她面前走了过去。她本想回答点什么，但仅仅长叹一声。

我随手关好自己的房门，点起蜡烛就倒在床上；但是今晚比往常更加难以成眠。当我入睡时，东方都已发白了，不过——看来上苍大笔早已圈定，今夜我是睡不了一个安稳觉的。清晨四点，两只拳头直敲我的窗子。我一跃而起：出了什么事？……"起来，穿上衣裳！"几个人朝我喊着。我很快穿好衣裳，走到外面。"知道出事了吗？"三个来叫我的军官齐声说。他们脸色煞白，像死人一样。

"出了什么事？"

"乌里奇让人打死了！"他们接着说，"咱们快去吧。"

我一下子愣了。

"真的，让人打死了？"他们接着说，"我们快去吧。"

"去哪儿呢？"

"路上你就知道了。"

我们出发了。他们给我讲了发生的一切，并添油加醋，掺和了有关气数的种种看法。他死前半小时，使他在那次必死无疑中逢凶化吉的也正是这个气数。乌里奇孤身一人沿着漆黑的街道往前走着，把猪捅死的那个酩酊大醉的哥萨克朝他这边冲了过来，其实，他本当看不见乌里奇就从他身边过去的，可是乌里奇偏偏停住了脚步，问："你找谁呢，老兄？""就找你！"哥萨克答道，军刀随即砍了上去，从他的肩膀差不多一直劈到心上……那两个曾经碰上我，随后去追踪凶手的哥萨克幸好赶到跟前，把被砍伤的人扶了起来，可是他已经只剩最后一口气了，而且仅仅说了四个字："他是对的！"只有我一个人理解这几个字暗含的意思：这说的是我，我无意间曾向这个薄命之人预卜了他的生死祸福。我的本能没有蒙我：我在他已失常态的脸上准确无误地觉察到了他阳寿即将终结的征兆。

　　杀人凶手躲在村子边缘的一间空房内，门从里面反锁着；我们正朝那里走去。成群的女人们也哭哭喊喊地往那边跑；时常迟到的一名哥萨克这次急急冲到街头，匆匆挎上短剑，跑到了我们前面。街上乱成了一团。

　　我们总算赶来了；一看：房子的门和护窗都从里面锁着，它的周围挤满了人。军官们与哥萨克们在情绪激昂地议论着；女人们嗷嗷乱叫着，一边哭喊，一边诉说。她们中间，我看到有一个老太太的脸格外惹眼，脸上显出一种疯狂的绝望。她坐在一根很粗的圆木上，双肘撑在膝头，两手托着自己的脑袋：这就是杀人犯的母亲。她的双唇时不时地颤抖着，不知是在喃喃自语地祈祷，还是在自言自语地恶意诅咒。

这时应该有所决断，而且把罪犯抓起来。然而谁也没有第一个冲上去的勇气。

我走近窗前，透过护板的缝隙朝里面看了一眼：他脸色惨白地躺在地上，右手握着一支手枪；沾满鲜血的军刀横在他的身旁；一双惊魂未定、魂不守舍的眼睛恐慌万状，骨碌骨碌地朝四下张望着；有时他一阵痉挛，伸手揪扯自己的头发，似乎迷迷糊糊地想起了昨天发生的事情。在他这种心神不定的目光中，我看不出他有孤注一掷那样的决心，于是就对少校说，他应不失良机地指派哥萨克们破门而入，直扑过去，因为现在这样做，总比等到让他完全醒过神儿来好。

这时一个哥萨克大尉走到门前，唤了他的名字；他答应了一声。

"你犯下罪了，叶非梅奇老弟，"大尉说，"这就没一点办法了，听凭发落吧！"

"我不听凭发落！"哥萨克答道。

"诚惶诚恐敬奉上帝吧！要知道你不是一个十恶不赦的车臣匪徒，而是一个虔诚的基督信徒呀；好啦，既然你的罪孽使你执迷不悟，那也毫无办法；你是逃不过自己的劫数的。"

"我不听凭发落！"那个哥萨克令人毛骨悚然地厉声高叫道，而且听得见他扳动枪机的声音。

"唉，大娘！"哥萨克大尉对老太太说，"你去说说儿子吧，说不定会听你的……要知道这只会激怒上帝。你没瞧瞧，大家这都已经等了两个钟头啦。"

老太太盯着他看了一眼，晃了晃脑袋。

"瓦西里·彼得罗维奇，"哥萨克大尉走到少校跟前说，"他不会投降的，我知道他。可要是砸门，那我们的人就会被他打死很多。您下令开枪把他打死不更好？窗上护板的缝隙宽着呢。"

就在这一刹那，我头脑里闪过一个古怪的念头：就像乌里奇那样，我心血来潮地想试试自己的命运凶吉如何。

"等等，"我对少校说，"我来生擒他。"

我吩咐哥萨克大尉跟他谈话，并在门口安上三个哥萨克，准备好一见暗号便砸开房门，冲上去帮我一把。分派完毕我就绕到屋后，贴近了那个决定凶吉祸福的窗子。我的心怦怦直跳。

"啊嗬，你这个十恶不赦的东西！"哥萨克大尉喊道，"咋回事，你在戏耍我们不成？或是你以为我们收拾不了你呀？"他使出蛮劲砸起门来。我把眼睛贴到护窗板的缝隙上，监视着不曾料到会从这里向他袭击的那个哥萨克的一举一动，接着猛然间摘掉了护板，头往下一扎，从窗户中冲了进去。枪声紧擦着我的耳尖响起，子弹撕下了我的肩章。但是满屋的硝烟妨碍了我的敌手，使他找不到放在身边的军刀。我一下抓住了他的手，哥萨克们便冲了进去，于是不出三分钟，罪犯就被绑起来押走了。人群一下散去。军官们都来向我恭贺——倒也不错，确实应当恭贺一番！

从头至尾目睹了这一番生生死死的人，似乎就不该再做宿命论者了，但谁能确知他自己信这还是不信呢？……因为还常有把知觉错乱与理智失常当作一种信念的呢！……

我爱怀疑一切，因为思维方式上的这种倾向并不妨碍我个性中的果敢——恰恰相反，我还不知道前面会碰到什么时，我一向都是更加勇敢地往前闯的。要知道世上大不了就是一个死，而死你是躲不过去的!

回到要塞后,我对马克西姆·马克西梅奇讲述自己的经历和我所目击的一切,并希望知道他对寿限的看法。一开始他不理解这个词儿是什么意思,我尽自己水平给他做了解释。听罢,他颇为耐人寻味地晃了晃脑袋,说:

"是呀!当然啦!这个玩意儿实在玄妙!……不过,这些亚细亚式的手枪扳机,假使油擦得毛毛糙糙,或是指头扣得不够用力,就常常打不响;我承认,我同样也不喜欢切尔克斯步枪;我们的弟兄有些用不惯,因为是小枪托儿,一不小心,扑出的火就会烧了鼻子……不过他们那里的军刀,那可真算绝了!"

然后,他稍微想了想,支支吾吾地说:

"是呀,那个不幸的人真可怜……简直像有什么勾魂一样,他竟会深更半夜与一个醉汉攀谈!……不过话又说回来了,看起来,他这也是命中注定的!……"

我从他嘴里再也没掏到什么,因为他本来就不喜欢玄学式的空洞议论。

莱蒙托夫生平及创作年表 *

刘文飞　编

1814 年

10 月 3 日，莱蒙托夫出生在莫斯科。

1815 年

春天，随外祖母去奔萨省的塔尔罕内村，在那里度过了童年。

1817 年

2 月 24 日，母亲去世。

1827 年

夏天，随外祖母回到莫斯科，在家庭教师的指导下开始学习。

1828 年

夏天，写作第一部长诗《切尔克斯人》；这一年还写有抒情诗

---

* 本年表日期均按俄国当时使用的儒略历（旧历），十九世纪旧历比公历日期早 12 天。

《秋》《库比德的罪过》《苇笛》等诗作。

9月，进入莫斯科大学附属贵族寄宿中学学习。

1829 年

开始写作长诗《恶魔》。

1830 年

4月，自贵族寄宿中学毕业，获得毕业证书，证书上有各科成绩均优秀的记录。

9月，被录取为莫斯科大学政治伦理系的学生。

本年写作了大量的抒情诗。

1831 年

6月，在戏剧家伊万诺夫家做客数日，爱上了主人的女儿娜塔丽娅。

10月1日，父亲去世，享年四十四岁。

本年写作了大量的抒情诗和剧作。

1832 年

6月，自莫斯科大学退学。

7月—8月，随外祖母去彼得堡。

9月2日，致信洛普辛娜，信中附有《帆》一诗。

11月4日，考入彼得堡近卫骑兵士官学校。

11月底，在驯马时受伤。

1833 年

4月，伤愈后返回士官学校。

1834 年

11月，晋升为骠骑兵团少尉。

1835 年

年初，与情人苏什科娃分手。

5月，最亲密的情人洛普辛娜在莫斯科出嫁。

10月，将《假面舞会》一剧提交审查机关，未获通过，手稿上批有"退回，做必要的修改"的字样。

1836 年

3月，在彼得堡花园大街上租了一处住宅（今花园大街六十一号）。

10月，《假面舞会》被禁止上演。

1837 年

1月29日，在普希金死后立即写出了《诗人之死》一诗，引起热烈反响。

2月18日，因《诗人之死》一诗而被捕。

2月23日，"近卫骠骑兵团骑兵少尉莱蒙托夫写作禁诗及十二等文官拉耶夫斯基传播禁诗案"开始审理。

3月19日，被流放，离开彼得堡，赴高加索。

4 月 10 日，抵达高加索。

夏天，在皮亚季戈尔斯克与别林斯基等人见面。

10 月 22 日，在去梯弗里斯途中滞留斯塔夫罗波尔，结识奥陀耶夫斯基等十二月党人。

11 月 25 日，被开除出尼日格罗茨基龙骑兵团。

1838 年

1 月 3 日，自高加索回到莫斯科。

1 月底，回到彼得堡，拜见茹科夫斯基、维亚泽姆斯基等人。

2 月下旬，奉命去驻扎在诺夫哥罗德省的格罗德宁骠骑兵团。

3 月 24 日，由于外祖母的活动，莱蒙托夫获释，获准回到近卫骠骑兵团。

4 月 24 日，回到彼得堡，不久加入驻扎在皇村的索非亚近卫骠骑兵团。

8 月，应卡拉姆津的遗孀之邀前去做客，此后经常去她家，并成为彼得堡上流社会和文艺沙龙中最受欢迎的人之一。

1839 年

1 月 1 日，在《祖国纪事》杂志上发表《沉思》一诗。

2 月初，完成《恶魔》的最后一稿。

3 月 1 日，别林斯基在《莫斯科观察家》杂志上撰文评论莱蒙托夫的诗作。

9 月 12 日，在卡拉姆津家朗诵《当代英雄》的片段。

11 月 14 日，《当代英雄》中的一部分"宿命论者"在《祖国纪事》杂志上发表。

12月6日，由骑兵少尉晋升为陆军中尉。

1840 年

2月16日，在一次晚会上与法国大使的儿子巴朗特发生冲突，两人于两日后进行了决斗，莱蒙托夫的肘部受了轻伤。

2月19日，《当代英雄》通过审查，在彼得堡出版。

2月—4月，因决斗之事遭审查，被判关押。

4月中旬，别林斯基探望了关押中的莱蒙托夫，两人做了深谈，莱蒙托夫独特的个性和艺术才华给别林斯基留下了深刻的印象。

4月13日，沙皇尼古拉一世在一份报告上亲笔批示，将莱蒙托夫调往坚金步兵团。这实为又一次流放。

5月3日、4日或5日，离开彼得堡去高加索。临行前在卡拉姆津家朗诵了抒情诗《云》。

5月9日，途经莫斯科，为果戈理、屠格涅夫、维亚泽姆斯基等人朗诵了长诗《童僧》的片段，受到好评。

5月25日，《文学报》发表了别林斯基关于《当代英雄》的评论文章。

5月底，离开莫斯科。

6月—10月，在高加索前线参加战斗，表现得非常勇敢。

10月25日，《莱蒙托夫诗集》在彼得堡出版。

1841 年

1月14日，获得休假两个月的机会，离开斯塔夫罗波尔，经莫斯科回彼得堡。

1 月 30 日，到达莫斯科。

2 月 5 日—6 日，回到彼得堡。

2 月 19 日，《当代英雄》第二版出版。

4 月中旬，莱蒙托夫所在部队指挥官为莱蒙托夫数次请功均未获批准，莱蒙托夫突然被勒令在四十八小时内离开彼得堡。

4 月 14 日，离开彼得堡，三天后到达莫斯科。

4 月 23 日，离开莫斯科去高加索。

5 月 20 日，到达高加索的皮亚季戈尔斯克，向上司申请疗养，获批准。

5 月底，在皮亚季戈尔斯克自大尉齐拉耶夫处租得住所，与老友新朋往来，组成了所谓的"莱蒙托夫圈子"。

7 月 13 日，与军官马尔蒂诺夫发生冲突，后者提出与莱蒙托夫决斗。

7 月 15 日，晚六时至七时，与马尔蒂诺夫决斗，莱蒙托夫中弹死亡。

7 月 17 日，经医生验尸后，莱蒙托夫的遗体被葬在皮亚季戈尔斯克的墓地。

1842 年

4 月 21 日，应莱蒙托夫外祖母的请求，莱蒙托夫的遗体被从皮亚季戈尔斯克运回塔尔罕内。

4 月 23 日，莱蒙托夫的遗体被安葬在塔尔罕内的家族墓地里。

汉译文学名著

第一辑书目（30种）

第二辑书目（30 种）

枕草子	〔日〕清少纳言著　周作人译
尼伯龙人之歌	佚名著　安书祉译
萨迦选集	石琴娥等译
亚瑟王之死	〔英〕托马斯·马洛礼著　黄素封译
呆厮国志	〔英〕亚历山大·蒲柏著　李家真译注
波斯人信札	〔法〕孟德斯鸠著　梁守锵译
东方来信——蒙太古夫人书信集	〔英〕蒙太古夫人著　冯环译
忏悔录	〔法〕卢梭著　李平沤译
阴谋与爱情	〔德〕席勒著　杨武能译
雪莱抒情诗选	〔英〕雪莱著　杨熙龄译
幻灭	〔法〕巴尔扎克著　傅雷译
雨果诗选	〔法〕雨果著　程曾厚译
爱伦·坡短篇小说全集	〔美〕爱伦·坡著　曹明伦译
名利场	〔英〕萨克雷著　杨必译
游美札记	〔英〕查尔斯·狄更斯著　张谷若译
巴黎的忧郁	〔法〕夏尔·波德莱尔著　郭宏安译
卡拉马佐夫兄弟	〔俄〕陀思妥耶夫斯基著　徐振亚、冯增义译
安娜·卡列尼娜	〔俄〕列夫·托尔斯泰著　力冈译
还乡	〔英〕托马斯·哈代著　张谷若译
无名的裘德	〔英〕托马斯·哈代著　张谷若译
快乐王子——王尔德童话全集	〔英〕奥斯卡·王尔德著　李家真译
理想丈夫	〔英〕奥斯卡·王尔德著　许渊冲译
莎乐美 文德美夫人的扇子	〔英〕奥斯卡·王尔德著　许渊冲译
原来如此的故事	〔英〕吉卜林著　曹明伦译
缎子鞋	〔法〕保尔·克洛岱尔著　余中先译
昨日世界：一个欧洲人的回忆	〔奥〕斯蒂芬·茨威格著　史行果译
先知 沙与沫	〔黎巴嫩〕纪伯伦著　李唯中译
诉讼	〔奥〕弗兰茨·卡夫卡著　章国锋译
老人与海	〔美〕欧内斯特·海明威著　吴钧燮译
烦恼的冬天	〔美〕约翰·斯坦贝克著　吴钧燮译

第三辑书目（40种）

埃达	〔冰岛〕佚名著　石琴娥、斯文译
徒然草	〔日〕吉田兼好著　王以铸译
乌托邦	〔英〕托马斯·莫尔著　戴镏龄译
罗密欧与朱丽叶	〔英〕莎士比亚著　朱生豪译
李尔王	〔英〕莎士比亚著　朱生豪译
大洋国	〔英〕哈林顿著　何新译
论批评 云鬟劫	〔英〕亚历山大·蒲柏著　李家真译注
论人	〔英〕亚历山大·蒲柏著　李家真译注
亲和力	〔德〕歌德著　高中甫译
大尉的女儿	〔俄〕普希金著　刘文飞译
悲惨世界	〔法〕雨果著　潘丽珍译
安徒生童话与故事全集	〔丹麦〕安徒生著　石琴娥译
死魂灵	〔俄〕果戈理著　郑海凌译
瓦尔登湖	〔美〕亨利·大卫·梭罗著　李家真译注
罪与罚	〔俄〕陀思妥耶夫斯基著　力冈、袁亚楠译
生活之路	〔俄〕列夫·托尔斯泰著　王志耕译
小妇人	〔美〕路易莎·梅·奥尔科特著　贾辉丰译
生命之用	〔英〕约翰·卢伯克著　曹明伦译
哈代中短篇小说选	〔英〕托马斯·哈代著　张玲、张扬译
卡斯特桥市长	〔英〕托马斯·哈代著　张玲、张扬译
一生	〔法〕莫泊桑著　盛澄华译
莫泊桑短篇小说选	〔法〕莫泊桑著　柳鸣九译
多利安·格雷的画像	〔英〕奥斯卡·王尔德著　李家真译注
苹果车——政治狂想曲	〔英〕萧伯纳著　老舍译
伊坦·弗洛美	〔美〕伊迪斯·华尔顿著　吕叔湘译
施尼茨勒中短篇小说选	〔奥〕阿图尔·施尼茨勒著　高中甫译
约翰·克利斯朵夫	〔法〕罗曼·罗兰著　傅雷译
童年	〔苏联〕高尔基著　郭家申译
在人间	〔苏联〕高尔基著　郭家申译
我的大学	〔苏联〕高尔基著　郭家申译

地粮	〔法〕安德烈·纪德著	盛澄华译
在底层的人们	〔墨〕马里亚诺·阿苏埃拉著	吴广孝译
啊，拓荒者	〔美〕薇拉·凯瑟著	曹明伦译
云雀之歌	〔美〕薇拉·凯瑟著	曹明伦译
我的安东妮亚	〔美〕薇拉·凯瑟著	曹明伦译
绿山墙的安妮	〔加〕露西·莫德·蒙哥马利著	马爱农译
远方的花园——希梅内斯诗选	〔西〕胡安·拉蒙·希梅内斯著	赵振江译
城堡	〔奥〕弗兰茨·卡夫卡著	赵蓉恒译
飘	〔美〕玛格丽特·米切尔著	傅东华译
愤怒的葡萄	〔美〕约翰·斯坦贝克著	胡仲持译

第四辑书目（30种）

伊戈尔出征记		李锡胤译
莎士比亚诗歌全集——十四行诗及其他	〔英〕莎士比亚著	曹明伦译
伏尔泰小说选	〔法〕伏尔泰著	傅雷译
海上劳工	〔法〕雨果著	许钧译
海华沙之歌	〔美〕朗费罗著	王科一译
远大前程	〔英〕查尔斯·狄更斯著	王科一译
当代英雄	〔俄〕莱蒙托夫著	吕绍宗译
夏洛蒂·勃朗特书信	〔英〕夏洛蒂·勃朗特著	杨静远译
缅因森林	〔美〕梭罗著	李家真译注
鳕鱼海岬	〔美〕梭罗著	李家真译注
黑骏马	〔英〕安娜·休厄尔著	马爱农译
地下室手记	〔俄〕陀思妥耶夫斯基著	刘文飞译
复活	〔俄〕列夫·托尔斯泰著	力冈译
乌有乡消息	〔英〕威廉·莫里斯著	黄嘉德译
生命之乐	〔英〕约翰·卢伯克著	曹明伦译
都德短篇小说选	〔法〕都德著	柳鸣九译
无足轻重的女人	〔英〕奥斯卡·王尔德著	许渊冲译
巴杜亚公爵夫人	〔英〕奥斯卡·王尔德著	许渊冲译
美之陨落：王尔德书信集	〔英〕奥斯卡·王尔德著	孙宜学译
名人传	〔法〕罗曼·罗兰著	傅雷译
伪币制造者	〔法〕安德烈·纪德著	盛澄华译
弗罗斯特诗全集	〔美〕弗罗斯特著	曹明伦译

图书在版编目（CIP）数据

当代英雄 /（俄罗斯）莱蒙托夫著；吕绍宗译 . —
北京：商务印书馆，2023
（汉译世界文学名著丛书）
ISBN 978-7-100-22132-0

Ⅰ.①当… Ⅱ.①莱… ②吕… Ⅲ.①长篇小说—俄
罗斯—近代 Ⅳ.① I512.44

中国国家版本馆 CIP 数据核字（2023）第 042022 号

汉译世界文学名著丛书
当代英雄
〔俄〕莱蒙托夫 著
吕绍宗 译

商 务 印 书 馆 出 版
（北京王府井大街36号 邮政编码100710）
商 务 印 书 馆 发 行
北京中科印刷有限公司印刷
ISBN 978－7－100－22132－0

2023 年 7 月第 1 版　　　　开本 850×1168　1/32
2023 年 7 月北京第 1 次印刷　．印张 7¼

定价：35.00 元